Heidrun Scholz

Unter Strom

Über dieses Buch

Was hatte Peter Smyrnak, größter Immobilienmogul Reutlingens, nachts im Sportpark Markwasen zu suchen? Und was Professor Augenthaler, Chefarzt am hiesigen Krankenhaus, im Schutz der Dunkelheit auf der Achalm?
Als beide Männer tot aufgefunden werden, führen die Ermittlungen Hauptkommissarin Verena Paul und ihren Assistenten Benno durch Reutlingens Amtsstuben, ins Kreiskrankenhaus, ins Stuttgarter Rotlichtmilieu und schließlich auf den Golfplatz. Verena deckt überraschende Gemeinsamkeiten auf. Unsaubere Dinge sind gelaufen …
Der Fall scheint klar – bis der Golfclubpräsident Enno von Aue auf seinem Golfplatz tot an der Fahne von Loch Neun liegt. Von Aue passt nicht ins Schema, nur der Tathergang ist identisch. Verenas Theorie wankt.
Eine neue Spur lässt Verena tief in ihre eigene Vergangenheit eintauchen. Bei Nachforschungen in ihrer Heimatstadt Wuppertal stößt sie auf ein gefährliches Geheimnis.

Heidrun Scholz, Reutlingerin von Herkunft, lebt und arbeitet in Köln. Gemeinsam mit ihrer Kommissarin Verena Paul hat sie begonnen, Kriminalfälle zu lösen.

Heidrun Scholz

Unter Strom

Oertel+Spörer

Anmerkungen der Autorin:
Alle Personen und Handlungen sind frei erfunden. Sollten sich dennoch Ähnlichkeiten mit lebenden oder verstorbenen Personen ergeben, so sind diese rein zufällig und nicht beabsichtigt.

Titelbild: Spiegelbild einer jungen Frau (Foto: jh Fotografie)

Die im Text zitierten Verse von Lucio Dalla stammen aus den Liedern »Anna e Marco« und »Futura« (»Lucio Dalla Liederalbum« © 1986 RCA/Ariola International).

Bibliografische Informationen der Deutschen Nationalbibliothek

Die Deutsche Nationalbibliothek verzeichnet diese Publikation in der Deutschen Nationalbibliografie; detaillierte bibliografische Daten sind im Internet über http://dnb.d-nb.de abrufbar.

Postfach 1642 · 72706 Reutlingen

Schrift: 9,85/12 pt Stempel Garamond
Umschlaggestaltung: Atelier Georg Lehmacher, Friedberg
Satz: Uhl + Massopust, Aalen
Druck und Bindung: Oertel+Spörer Druck und Medien-GmbH+Co., Riederich
Printed in Germany
ISBN 978-3-88627-445-1

Das Kaninchen hockte zusammengekauert in der Ecke des Stalls, der so klein war, dass kein entspanntes Ausstrecken möglich war. Dann wurde die Stalltür geöffnet und eine große Männerhand kam herein, die das Tier an den langen Ohren packte und herauszerrte. Jetzt traf ein harter Gegenstand das Tier hinter den Ohren, und ein helles Krachen machte den Genickbruch hörbar.

Die Männerhand streckte den Mädchen ein Schlachtermesser entgegen.

»Wer macht's? Und genau hier rein, dann fließt das Blut am schnellsten ab!«

Aber die Mädchen sträubten sich, und die eine schob die andere vor, um selbst nicht schon wieder an der Reihe sein zu müssen.

»Eine muss jetzt zustechen, ihr müsst das endlich lernen!«

Das Messer wurde in eine Mädchenhand geschoben, die es zögernd ansetzte.

1

Verena saß aufrecht im Bett und fuhr sich über die schweißnasse Stirn. Bis sie begriff, dass das Telefon und nicht dieser Traum sie geweckt hatte, vergingen einige Momente, während derer sie sich nicht erinnern konnte, welcher Wochentag war, geschweige denn, wo sie sich befand. Das Telefon stand griffbereit neben ihrem Bett auf dem Nachttisch – genau genommen war es kein Nachttisch, sondern ein buntlackierter Kinderstuhl aus Holz, den sie einmal auf einem Flohmarkt gesehen und sofort gekauft hatte. Der kleine Reisewecker, der trotz abgebrochenen Deckels sicher stand, zeigte halb eins.

Verena erkannte auf dem Display des Telefons Bennos Nummer.

»Ja«, sagte sie erschöpft.

»Es gibt Arbeit, Chefin.«

Verena ließ sich ins Kissen zurückfallen und schloss die Augen für einen letzten Moment.

»Wo?«

»Im Markwasen draußen, am Stadion. Holen Sie mich ab?«

»Wie immer. Aber steh unten, wenn ich komme. *Dafür* brauchst du nicht schön zu sein.«

Benno war seit einem dreiviertel Jahr ihr neuer Assistent, jedoch erst nach und nach entdeckte Verena hinter dieser Fassade aus Eitelkeit einen gescheiten jungen Mann.

Sie legte auf. Dann schlug sie die Decke zurück, schwang zuerst das rechte Bein aus dem Bett, ließ es in der Luft schweben, um das linke Bein folgen zu lassen. Ab diesem Moment, als beide Beine seitwärts aus dem Bett ragten, erhob sie ihren Oberkörper in dem Maße, wie die Beine zu Boden sanken. Diesen Bewegungsablauf beherrschte Verena nach Jahrzehnten gekonnt. Sie war überzeugt, dass ein Tag, den sie nicht mit diesem Ritual beginnen würde, kein guter Tag werden würde. Zwar hatte sie sich noch nie vom Gegenteil überzeugt, doch lieber nichts riskieren.

›Eins, zwei, drei, vier …‹ Mit dem neunten Schritt war sie am Waschbecken angekommen. Mit Umweg über die Küche waren es siebzehn Schritte, ohne Küche neun. Es konnte passieren, dass sie ohne Umweg über die Küche und ohne bewusst wahrgenommene Ursache *nicht* bei Neun am Waschbecken ankam.

Dann ging sie, wenn genug Zeit war, den Weg zurück, um nach dem Grund für diese Abweichung zu forschen. Wenn sie beispielsweise um etwas herumlaufen musste, was bei ihrem fehlenden Ordnungssinn nicht ungewöhnlich war, erhöhte sich notwendigerweise die Schrittzahl. Wenn sie aber in Eile war und sich die Zeit des Drumherumlaufens nicht nehmen konnte, also über das Hindernis stieg und sich damit ein Schritt in die Länge zog, war sie bei Acht schon am Waschbecken. Heute war alles in Ordnung.

Mit Wasser und Haargel zupfte sie die hellblonden, kurzgeschnittenen Haare zurecht, machte sich frisch, ging neun Schritte zurück ins Schlafzimmer und zog zielsicher den rosa Rollkragenpulli und eine Jeans aus dem Schrank.

›Markwasen. Was macht einer um diese Zeit da draußen?‹, dachte sie, während sie sich hastig anzog.

Einen kurzen Moment musste sie überlegen, wo sie ihren hellblauen Käfer geparkt hatte. Ihr Appartement lag in der Fußgängerzone, im ehemaligen Hotel »Harmonie«, und es gab keinen zur Wohnung gehörigen Parkplatz. Dann fiel ihr ein, wo er stand. In der Metzgerstraße, und zwar ziemlich weit oben, also ganz in der Nähe.

Siebenundachtzig Treppenstufen tiefer trat sie vor die Haustür. Es nieselte leicht, und es war ungewöhnlich kalt um diese Jahreszeit. Ungeduldig ersehnte Verena die ersten warmen Frühlingstage, die in diesem Jahr auf sich warten ließen. Sie zog den Pelzkragen ihres Jeansmantels etwas höher. Die Fußgängerzone war um diese Zeit nur noch schwach belebt, hier und da ein paar Betrunkene, die mit letzter Kraft grölten, Nachtschwärmer auf der Suche nach der letzten offenen Kneipe. Es gibt nichts Einsameres als eine Fußgängerzone bei Nacht, aber auch nichts Erbaulicheres. Man fühlt sich, als wäre man der einzige Mensch auf der Welt.

Verena machte sich auf den Weg zu ihrem Wagen.

Sie fuhr auf der Karlstraße, die Reutlingen vierspurig von Südwest nach Nordost durchzog und nach Osten unter anderem kleine Sträßchen in den historischen Stadtkern und die Fußgängerzone aussandte, stadtauswärts in Richtung Norden

›Zum Laisen‹, einem Gemisch aus Industrie- und Wohngebiet mit anonymen Hochhäusern. In einem davon wohnte Benno, der jetzt frierend unter der flackernden Laterne am Straßenrand stand und nach Verenas Käfer Ausschau hielt, bis dieser sich endlich näherte. Verena wendete und ließ Benno einsteigen.

»Schon irgendwelche Details?«, fragte sie, um ihm keine Zeit zu lassen, sich über die Wartezeit und die Kälte zu beklagen. Er sah wieder aus, als hätte er keine Sekunde im Bett verbracht.

›Ihm würde ich zutrauen, dass er im Stehen schläft, nur um sich nicht die Frisur zu ruinieren‹, dachte Verena, als sie ihn von der Seite ansah. Das dunkelblonde dichte Haar fiel in leichten Wellen auf seine Schultern. Die weichen Züge seines ebenmäßigen Gesichtes bildeten zum energischen Kinn einen aparten Kontrast.

Benno hatte sofort den Lederlappen aus dem Handschuhfach geholt und angefangen, die beschlagene Windschutzscheibe freizuwischen.

»Wann lassen Sie endlich das Gebläse reparieren? Und ein neuer Lappen tät's auch mal wieder. Der hier ist mit seinen Bakterienstämmen ja schon meldepflichtig.«

»Ja, ja! Übrigens, warum hat man *dich* eigentlich zuerst angerufen?«

Zwar hatte Verena ihm neulich das du angeboten, Benno war jedoch immer wieder in das Sie zurückgerutscht. Und so kam es, dass Verena ihn duzte, während er seine Chefin siezte. Und keinem von beiden kam dies mehr sonderbar vor.

»Nein, keine Details«, antwortete Benno, »und zu Frage zwo, ich habe …«, er druckste etwas herum und ließ sich Zeit mit der Antwort, während er den Lappen akkurat faltete und ins Handschuhfach zurücklegte, »ich war bis dreiviertel Zwölf noch im Büro und habe… naja, ich habe über der Akte Schüssler gesessen.«

»Die Akte ist geschlossen, Benno.«

»Jedenfalls hat mich dann beim Rausgehen der Schulz von der Bereitschaft gesehen. Und dann muss er wohl an mich gedacht haben, als der Notruf eingegangen war.«

»Du kannst dich nicht damit anfreunden, was?«

»Im Gegenteil, Chefin, ich fand's zur Abwechselung sehr erhebend, als Erster informiert zu werden.«

»Das mein' ich nicht, Benno. Dass der Fall Schüssler ad acta gelegt wurde. So lange die beiden zusammenhalten und sich gegenseitig Alibis geben, haben wir keine Chance.«

»Laut Aussage der Haushälterin hat Schüssler sich *nie* beim Baden rasiert. Und schon gar nicht elektrisch.«

»Aber die Ehefrau hat ausgesagt, dass es habe schnell gehen müssen, sie hätten Konzertkarten gehabt und seien spät dran gewesen. Sie konnte die Karten vorweisen.«

»Das ist kein Problem, sich Konzertkarten zu besorgen. Nein, nein, Chefin, *sie* hat ihn auf dem Gewissen. Und ihr sauberer Sohn hat ihr geholfen. Und jetzt decken sie sich gegenseitig. Die Rechnung scheint aufzugehen. Ich muss zugeben, das wurmt mich.«

»Wir haben sie monatelang observiert. Sie hat sich völlig unverdächtig verhalten. Sie war die trauernde Witwe …«

»… die reiche Erbin!«, unterbrach Benno seine Chefin. »Was für ein Aufstieg. Überlegen Sie doch mal! Eine durch ihren Ex an ein Luxusleben gewöhnte, verschuldete Sekretärin angelt sich einen nicht mehr ganz jungen Industriellen und spekuliert auf sein baldiges Ableben. Und als er ihr nicht schnell genug stirbt, hilft sie halt ein wenig nach. Die Aussagen des näheren Umfelds und vor allem der Haushälterin haben doch ergeben, dass es keine Liebesheirat war, eher eine Zweckgemeinschaft.«

»Vergiss es. Wir haben keine Beweise.«

»Ich hab' sie noch eine Zeitlang weiter beobachtet«, sagte Benno nach kurzem Zögern.

Verena setzte den Blinker nach rechts und bog von der Lederstraße in die Alteburgstraße ab.

»Aha.«

»Ich hab' nichts gesagt, weil … na ja, es hat nichts gebracht, leider. Acht Monate sind einfach zu kurz. Was sind schon acht Monate, wenn einem ein ganzes Leben in Luxus winkt.«

Verena parkte den Wagen auf dem Parkplatz hinter dem Kreuzeichestadion. Ein anderes Mal würde sie die Sache mit Benno zu Ende besprechen.

Der Sportpark mit dem kleinen See in der Mitte war tagsüber beliebtes Ziel für Hobbysportler und Erholungssuchende. Südlich davon befand sich ein Wald, durch den sich ein Trimm-dich-Pfad schlängelte. Nördlich des Parks lag das Fußballstadion des SSV Reutlingen.

An der schmalen Verbindungsstraße zwischen Stadion, Park und Wald lag der Tote rücklings der Länge nach im regenwassergefüllten Straßengraben. Er war nackt. Überall war Blut. Übergroße Scheinwerfer, von der Spurensicherung aufgestellt, erleuchteten den Schauplatz taghell. Die Bäume, an deren Äste sich trotz der ungewöhnlichen Kälte schon erste zarte Knospen zeigten, warfen lange Schatten und schufen eine gespenstische Atmosphäre.

Dr. Schmalhans, der Gerichtsmediziner, hatte seine Arbeit bereits begonnen.

»Stich in die Halsschlagader. Genau platziert. Er muss ziemlich schnell verblutet sein. Es ist die einzige Verletzung, die ich im Moment erkennen kann.«

Schmalhans richtete sich auf, während er sprach. Er war schon weit über sechzig und nur noch wenige Wochen von seiner Pension entfernt. Die Arbeit mit und an Toten hatte Spuren in seinem Gesicht hinterlassen, und die Haare waren schlohweiß.

Zu dritt standen sie um den Toten herum und schauten auf ihn herab.

»Nackt, bis auf die Socken. Warum die Socken?«, überlegte Verena.

»Das rauszukriegen, ist jetzt Ihre Aufgabe«, entgegnete Schmalhans.

»Wie lange ist er schon tot?«, frage Verena.

»Nicht länger als zwei Stunden. Morgen um drei haben Sie meinen Bericht.«

»Neun?«

»Eins!«

»Elf?«

»Um zwölf! Gut' Nacht zusammen!«

Verena schaute ihm nach. Wehenden Mantels und mit hochgeschlagenem Kragen ging er seinem Wagen und seiner wohlverdienten Rente entgegen.

»Wer hat ihn gefunden? Und hat man seine Kleidung schon irgendwo entdeckt?«, fragte Verena einen Uniformierten. Der Tatort war weiträumig abgesperrt worden. Die Leute von der Spurensicherung suchten mit scheinwerfergroßen Lampen die Gegend ab.

Der Polizist schüttelte den Kopf und zeigte dann mit dem Kinn auf einen älteren Mann im Trainingsanzug, der etwas abseits stand und unentwegt einen Schäferhund streichelte, der brav neben ihm saß.

Eine heftige und kalte Windböe fegte über den Schauplatz. Verena drehte sich mit dem Rücken in den Wind. Der Mann mit dem Schäferhund fluchte.

Verena ging auf ihn zu.

»'n Abend. Hauptkommissarin Verena Paul von der Mordkommission. Sie haben den Toten gefunden?«

»Nein, nicht ich.«

Verena war irritiert, bis der Mann sich bückte und seinen Hund hinter den Ohren kraulte.

»D' Bella war's.«

»Haben Sie sonst irgendetwas gesehen? Andere Menschen? Fahrzeuge?«

»Nix. Um die Zeit und bei dem Wetter ist nichts los hier draußen.«

»Und vorher? Irgendwelche verdächtigen Geräusche? Schreie? Ein Auto?«

»Ich sag's doch, nachts und bei dem Sauwetter kommt kaum jemand hier raus.«

»Wohnen Sie in der Nähe?«

»Gleich hier.« Der Mann zeigte auf eine kleine Häusergruppe auf der anderen Straßenseite, die im spärlichen Schimmer der Straßenlaternen kaum zu erkennen war.

»Wie haben Sie …, äh, hat Bella … den Toten gefunden?«

»Sie war unruhig. Gewinselt hat sie und an der Tür gescharrt. Da bin ich halt noch mal raus mit ihr.«

»Wie spät war es da?«

»Ich will ja nicht lügen, aber zwölf war's gewiss. Kaum war ich draußen mit ihr, da ist sie auf und davon. Ich bin ihr nachgerannt. Und da hat er gelegen«, der Mann zeigte mit dem Kopf in Richtung des Toten, »und hat sich nicht gerührt.«

»Wie konnten Sie ihn sehen? Es ist stockdunkel«, fragte Verena.

Wortlos langte der Mann in die Tasche seiner Trainingsjacke und holte eine Taschenlampe heraus. Für einen kurzen Moment knipste er sie an. Verena konnte sein Gesicht sehen. Es war das Gesicht eines Mannes, den so leicht nichts aus der Fassung bringen konnte. Seine stoische Haltung schien sich auf seinen Hund übertragen zu haben, der neben seinem Herrchen saß und keinen Mucks von sich gab.

»Ich hab' gleich gesehen, dass da was nicht stimmt«, fuhr er mit sonorer Stimme fort, »und bin sofort …«

»Chefin!«

Verena drehte sich um. Benno kam auf sie zu. Er hielt etwas in der Hand und winkte damit. Es war ein weißes Taschentuch.

»So früh willst du schon aufgeben?«

Benno entfaltete das Tuch und enthüllte vor Verenas Augen, was er eben gefunden hatte: einen Personalausweis.

»Sie glauben nicht, wer er ist.« Und nach einer Kunstpause: »Peter Smyrnak. *Der* Peter Smyrnak. Der Ausweis hat ganz in seiner Nähe gelegen.«

»Den kenn' ich. Einmal im Monat verfluch' ich den. Wenn die Miete fällig ist«, sagte der Mann.

Verena nahm den Ausweis an sich. Peter Smyrnak. Der größte Immobilienmakler Reutlingens. Die halbe Stadt gehörte ihm bereits. Mit dem Bürgermeister war er auf du und du.

»Ein Halsabschneider ist er gewesen. Aber was will man machen?«, fügte sich der Mann schon wieder in sein Schicksal. »Und wenn Sie mich jetzt nicht mehr brauchen, geh' ich heim. Ade mit'nander.« Er trottete durch den Nieselregel davon. Bella folgte ihm unaufgefordert.

»Ja. Gute Nacht«, rief ihm Verena nach. »Hast du seine Personalien?«

»Klar, Chefin!«, antwortete Benno.

»Die Adresse von Smyrnak?«

»Auch die, Chefin.«

»Den Mörder?«

»So gut wie. Schnick, Schnack, Schnuck.«

»Schnick, Schnack, Schnuck.« Verena seufzte. Sie hatte Papier, Benno Schere, und Benno setzte sich zufrieden ans Steuer, als sie Verenas Käfer erreicht hatten. Es war mittlerweile zwei Uhr.

Kurz vor dem historischen Tübinger Tor, das zur größtenteils noch gut erhaltenen Stadtmauer gehörte, bogen sie rechts ab, Am Echazufer noch einmal rechts in Richtung Kreiskrankenhaus, das am Fuße des Georgenbergs lag. Ab hier erklommen üppige, teils prunkvolle Anwesen der Reichen und Reichsten den Berg.

Die Villa der Smyrnaks lag ganz oben in einer der letzten Straßen, in der Berggasse, abgeschirmt von der Außenwelt durch eine hohe Mauer. Das Außentor war mit einer Kamera versehen, die leicht zu surren begann, als Verena auf die Klingel drückte. Lange meldete sich niemand. Nach einer halben Ewigkeit und weiteren fünfmal Klingeln war endlich eine Stimme zu hören.

»Ja bitte?«

Es war eine müde, aber dennoch aufmerksame Männerstimme.

»Polizei«, sagte Benno in Richtung Kamera.

»Halten Sie Ihre Ausweise in die Kamera.«

Als sie der Aufforderung folgten, meinte Verena, die Kamera zufrieden nicken zu sehen.

»Kommen Sie herein!«

Der Türöffner surrte. Die schwere Eisentür öffnete sich und gab den Blick in einen weitläufigen parkähnlichen Garten frei. Mächtige Kastanien säumten den Weg, der zum Haus hinaufführte. Zahlreiche Laternen tauchten den Garten in ein goldenes Licht.

Die zweistöckige Villa lag erhaben am Berg. Der weiße Anstrich und die hohen schlanken Fenster mit den grün lackierten Fensterläden verliehen ihr mediterranes Flair. In der schon halb geöffneten Eingangstür stand ein Hausangestellter, groß und bullig, und erwartete sie. Er kontrollierte die Ausweise noch einmal und ließ Verena und Benno schließlich eintreten. In der hohen weißgetünchten Diele standen sie nun und sahen den Bediensteten durch eine der vielen Türen verschwinden, nachdem er ihnen mit brummiger Stimme bedeutet hatte, hier zu warten. Verena schaute sich um. Es hingen einige wenige Gemälde an den Wänden.

»Sieht aus wie ein Pferdekopf nach einem Schädel-Hirn-Trauma!« Verena zeigte mit dem Kinn auf ein Bild, das rechts zwischen zwei Türen hing.

»*Das Werden im Wandel des Seins*«, sagte Benno.

»Wie?«

»Grasholm.«

Verenas Gesichtsausdruck wollte sich noch immer nicht aufhellen.

»Sagen Sie bloß, Sie kennen Grasholm nicht. *Gy Grasholm.*«

»Gibt's über den 'ne Akte?«, fragte Verena grinsend. »Aber im Ernst, erklär' mir, was ein blasser Pinselstrich mit Punkten und Klecksen drum herum mit ›*Werden im Wandel des Seins*‹ zu tun hat? Und überhaupt …«, Verena tat, als ob sie sinnierte, »ist man nicht schon, was man geworden ist, oder wird man, was man jetzt noch nicht ist, später erst, oder aber …«

»Moderne Kunst kann man verstehen oder es sein lassen. Nur sollte man sie nicht aus Unkenntnis verurteilen.« Die herrische Frauenstimme kam aus dem Nichts. Verena und Benno drehten gleichzeitig die Köpfe herum. Die Frau war lautlos in einer der Türen erschienen, die jetzt offenstand.

»Im Übrigen ist Gy Grasholm ein Cousin der Familie zweiten Grades. Aber genug …«, Frau Smyrnak machte eine ungeduldige Handbewegung: »Sie sind von der Polizei?«

Der lachsfarbene Hausanzug aus Seide passte exakt zum Kopftuch, in das sie ihr Haar gewickelt hatte. Verena schätzte sie auf Ende vierzig. Während Verena sich und Benno vorstellte, deutete Benno einen Diener an; Verena meinte, ein leichtes Klacken seiner Fersen gehört zu haben.

»Wir haben leider keine gute Nachricht«, begann Verena, ihre Stimme war fest geblieben. Im Laufe der Jahre hatte sie sich daran gewöhnt, den Angehörigen von Mordopfern die Hiobsbotschaft überbringen zu müssen. Mitleid hatte sie selten.

Außer dass sich die fein geschwungenen Augenbrauen Frau Smyrnaks um wenige Millimeter hoben, war keinerlei Regung in ihrem Gesicht auszumachen.

»Es geht um Ihren Mann«, fuhr Verena fort. »Man hat ihn heute Nacht gefunden. Er ist ermordet worden. Es tut uns sehr Leid.«

Verena behielt die Frau, deren Oberlippe jetzt leicht zuckte, fest im Blick. Verena wartete, ob Frau Smyrnak Fragen stellen würde. Frau Smyrnak blieb stumm. Sie schien wie paralysiert.

»Er wurde erstochen«, sagte Verena.

Frau Smyrnak schwieg noch immer.

»Wann und wo haben Sie Ihren Mann zuletzt gesehen?«, versuchte es Verena noch einmal. Und erst nach langen Momenten schien das Gesagte bei der Frau angekommen zu sein. Sie schaute Verena nun direkt ins Gesicht.

»Meinen Mann? Wann zuletzt?«

Plötzlich schwankte sie leicht und musste sich am Türrahmen festhalten, straffte sich jedoch sofort wieder, als Benno auf sie zueilte, um sie nötigenfalls aufzufangen.

»Es geht schon, junger Mann«, sagte sie abweisend.

Benno hielt inne und ging rückwärts an seinen Platz zurück.

»Wir haben heute Morgen gemeinsam gefrühstückt«, fuhr Frau Smyrnak fort, »so wie wir es jeden Morgen tun. Wir haben die Zeitung gelesen; mein Mann den Wirtschaftsteil, danach den Sportteil«, hier senkte sie ihre Stimme fast unmerklich, »und ich das Feuilleton. Um halb acht ging er aus dem Haus. Ich sollte am Abend nicht auf ihn warten, da er noch verschiedene Termine hatte. Aber sagen Sie, was ist passiert?« Wieder schwankte sie. Benno blieb regungslos an seinem Platz stehen.

»Wir wissen noch nicht viel. Man hat ihn vor zwei Stunden am Kreuzeichestadion gefunden. Können Sie sich vorstellen, was er um diese Zeit da gewollt hat?«

»Am Kreuzeichestadion? Ich habe keine Ahnung.«

»Was hatte Ihr Mann heute für Termine?«

»Ich weiß es nicht. Über Geschäftliches haben wir nie gesprochen.«

»Gibt es ein Terminbuch?«

»Ja, aber es ist nicht hier im Haus. Sicher werden Sie es in seinem Büro in der Stadt finden, wenn er es nicht sogar dabei hatte. Seine Sekretärin, Frau Buckenmaier, ist jeden Tag ab acht Uhr im Büro in der Katharinenstraße. Wenn Sie mich nun bitte entschuldigen wollen!«

»Eine Frage hätte ich noch.«

Frau Smyrnak wartete.

»Wo waren Sie heute Abend ab halb elf?«

»Ich war den ganzen Abend zu Hause. Augusto wird es bestätigen.« Sie sah in Richtung Tür, durch die der Hausangestellte vorhin verschwunden war.

»Eine allerletzte Frage. Wir müssen wissen, was Ihr Mann anhatte.«

»Ich verstehe nicht.«

»Er war fast nackt. Seine Kleidung fehlt, das heißt ... bis auf die Socken.«

Frau Smyrnak zog den Morgenmantel enger um die Schultern und verschränkte die Arme vor der Brust.

»Dunkelgrauer Anzug, weißes Hemd, hellgraue Krawatte, schwarze Schuhe.«

»Und ... die Unterwäsche?«

»Weiß, Feinripp. Übrigens sämtlich von *Cuno Rossi*. Ich sage das, um Ihnen die Suche zu erleichtern. Und nun entschuldigen Sie mich.«

Wie auf ein geheimes Kommando erschien Augusto.

»Ich muss Sie bitten, morgen um zehn in die Rechtsmedizin zu kommen, um Ihren Mann zu identifizieren«, sagte Verena noch, bevor Frau Smyrnak sich umdrehen und die Tür hinter sich schließen konnte, aus der sie vorhin so unvermittelt erschienen war. Augusto brachte Verena und Benno hinaus, nicht ohne ihnen bestätigt zu haben, dass seine Chefin den ganzen Abend zu Hause gewesen war. Verena warf einen letzten Blick auf den Pferdekopf, der – wie sie jetzt meinte – mit einem schadenfrohen Grinsen auf sie herabsah.

2 Sie lag auf dem Bett und hatte die Arme hinter dem Kopf verschränkt. Das Zimmer, das sie vor ungefähr einem halben Jahr gemietet hatte, war klein und schäbig. Ein hohes, schmales Fenster erlaubte den Blick nach draußen, der jedoch jäh von der tristen Mauer des gegenüberliegenden Hauses gestoppt wurde. Die Textiltapete musste aus irgendeiner Zeit vor dem Ersten Weltkrieg stammen. Das Waschbecken in der Ecke hinter der Tür war stumpf und zu groß, der Wasserhahn rostig. In der Wand staken verschieden große Nägel, die irgendwann einmal irgendjemand in die Wand geschlagen hatte. An einem der größeren Nägel hing jetzt ein dunkelgrauer Anzug mit hellgrauer Krawatte und weißem Hemd. Die Taschen des Anzugs hatte sie ausgeräumt und den Inhalt neben sich auf das Bett gelegt: ein sauberes und gebügeltes weißes Stofftaschentuch, ein Handy, das sie ausgeschaltet hatte, man wusste ja nie, und ein Portemonnaie. Vom Inhalt der Geldbörse hatte sie sich mehr versprochen. Letztlich waren es 46,80 Euro in bar. Keine Kredit- oder EC-Karten. Fluchend warf sie es in die Ecke. Sie war so gut wie pleite. Frau Schäubele, ihre Vermieterin, hatte heute Vormittag erst wieder bei ihr geklingelt und mit ihrer höflich aufdringlichen Art an die Miete erinnert. Für diese schäbige Behausung hätte man *ihr* noch Schmerzensgeld zahlen müssen, dachte sie grimmig. Sie stand auf und ging zum Waschbecken, in dem der Sekt im kalten Wasser lag. Sie nahm die Flasche heraus und trocknete sie mit dem Feinrippunterhemd von *Cuno Rossi* ab. Mit einem lauten Knall sprang der Korken aus dem Flaschenhals und hinterließ an der Decke eine Delle. Sie füllte Sekt in einen Plastikbecher und prostete ihrem Spiegelbild zu.

›Wir werden sehr gut schlafen.‹

Dann nahm sie ihr Schreibheft und machte sich Notizen.

3 Verena ging wie jeden Morgen zu Fuß ins Präsidium. Der Himmel war grau. Dunkle Wolken hingen tief zwischen den Häusern und Bäumen der Stadt. ›Als ob Gy Grasholm Reutlingen mit grauer Farbe übermalt hätte‹, dachte Verena und

zog den Fellkragen ihres Jeansmantels höher. Wollte der Frühling denn gar nicht kommen dieses Jahr? Sie ging ein kurzes Stück die Fußgängerzone entlang, die mit kleinen Natursteinen gepflastert war. Schon längst hatte Verena den Versuch aufgegeben, sich bei der Länge ihrer Schritte irgendeiner Symmetrie der Pflastersteine anzupassen. Es gab keine. Anders bei den Gehwegen, die sie vom Albtorplatz zum Präsidium führten. Die quadratischen Steinplatten konnte Verena betreten, ohne mit den Schuhen einen der vier Ränder berühren zu müssen, zumindest nicht oft.

Verena überquerte den Albtorplatz, trank bei Tchibo einen Becher Kaffee, schwarz mit Süßstoff, und überflog die Zeitung, die sie vorhin aus ihrem Briefkasten genommen hatte. Nicht jeden Morgen hatte sie das Glück, dass sie noch im Briefkasten steckte.

In diesem Stadtteil waren die Straßen quadratisch angelegt. Hohe alte Herrenhäuser sowie imposante Kastanienbäume und Platanen beherrschten das Bild. Verena ging noch ein paar Schritte die Burgstraße entlang und hatte dann das Präsidium erreicht.

Es war empfindlich kühl. Verena war froh, endlich ins Warme zu kommen. Ihr Büro lag im zweiten Stock, den sie über eine breite Treppe erreichte.

Benno saß schon an seinem Schreibtisch.

»Sind alle da?«, fragte Verena. Sein fliederfarbenes Hemd mit der farblich abgestimmten Krawatte ließ sie unkommentiert. Sie selber hatte verschlafen und aus Zeitmangel wahllos in den Kleiderschrank gegriffen.

»Morgen, Chefin. Ja, ich habe alle zusammengetrommelt«, antwortete Benno.

Da wurde die Tür einen Spaltbreit geöffnet. Dr. Meininger, Verenas Chef, ein hochgewachsener, schlaksiger Mittfünfziger mit freundlichen Augen und vollem Haar, streckte den Kopf herein und fragte: »Fangen wir gleich an?« Eine Strähne war ihm in die Stirn gefallen.

Verena mochte ihn. Er ließ ihr weitgehend freie Hand. Nach oben hielt er ihr den Rücken frei. Verena war erst vor wenigen Wochen zur Kriminalhauptkommissarin und stellvertretenden

Leiterin der Mordkommission ernannt worden, was sie auch ihrem Chef zu verdanken hatte, der mit guten Beurteilungen ihrer Arbeit die Beförderung vorangetrieben hatte.

Zu dritt gingen sie ins Besprechungszimmer ein paar Türen weiter. Hier wie überall im Haus roch es nach neuen Möbeln und frisch verlegten Teppichböden.

Willsch und Wagner, die beiden altgedienten Assistenten, saßen schon auf ihren Plätzen an der Fensterseite des langen Tisches. Verenas Platz war rechts von Dr. Meininger, der am Kopfende saß. Benno saß Verena gegenüber. Diese Anordnung hatte sich eingebürgert und war seit Jahren nicht geändert worden. Links vom Panoramafenster stand eine kleine Teeküche, die – wenn die Türen geschlossen waren – aussah wie ein gewöhnlicher Kleiderschrank. Jetzt waren die Türen offen, und die Kaffeemaschine röchelte.

Verena setzte sich an ihren Platz. Sie waren vollzählig.

Während Verena die Kollegen über den aktuellen Stand in Kenntnis setze, war es mucksmäuschenstill. Einzig ihre eigene Stimme zu hören, ließ sie einmal mehr beklommen werden. Jedoch hatte sie mit der Zeit Mechanismen entwickelt, die ihr halfen, diesen Zustand zu überwinden.

»Die Aussage dieses Hundehalters gibt nicht viel her. Und sein Hund hat womöglich wichtige Spuren zerstört«, fuhr Verena fort und schaute in die Runde.

»Wofür mir aber partout keine Erklärung einfallen will, ist, wieso ein großer, kräftiger Mann wie Smyrnak sich einfach so erstechen lässt. Kampfspuren fehlen an der Leiche und in der Umgebung, soweit man das noch beurteilen kann. Wie gesagt, Bella hat da ziemlich gewütet.« Verena verdrehte die Augen.

»Bella?«, fragte Dr. Meininger.

»Der Hund. Er heißt Bella«, erklärte Benno. Dr. Meininger nickte.

»Wurde die Tatwaffe gefunden?«, fragte Willsch, während er sich mit dem Bleistift den Kopf kratzte. Sein schütteres Haar war ihm dabei kaum im Weg.

Kriminaloberkommissar Reiner Willsch, ein gutmütiger Enddreißiger von korpulentem Wuchs und gutmütigem Wesen, konnte Charaktereigenschaften wie Loyalität und Verlässlichkeit sein Eigen nennen. Wer vermisste da schon Scharfsinn, Geistesgegenwart und Ehrgeiz?

»Nein. Es muss ein größeres scharfes Messer oder Ähnliches gewesen sein«, antwortete Verena. »Laut Dr. Schmalhans hat Smyrnak ungefähr zwei Stunden im Bach gelegen, bis man ihn gefunden hat. Das heißt, er muss gegen halb elf auf seinen Mörder gestoßen sein.«

»Oder er ist danach dort abgelegt worden«, überlegte Benno.

»Nein, dagegen spricht, dass ausschließlich am Tatort Blut zu finden ist. Bei dem enormen Blutverlust hätte es eine Blutspur geben müssen.«

»Gut, also ist Smyrnak an Ort und Stelle getötet und dann entkleidet worden, bis auf die Socken. Dann wurde sein Ausweis in direkter Nähe hinterlegt. Aber gewiss nicht, um uns die Arbeit zu erleichtern«, fasste Dr. Meininger kurz zusammen.

»Könnte es nicht sein, dass jemand anderes die Leiche ausgezogen hat, ein Obdachloser vielleicht?«, sagte Wagner. Mit Daumen und Zeigefinger seiner rechten Hand fuhr er sich über den schmalen schwarzen Oberlippenbart, wobei die Finger von der Mitte des Bartes ausgehend in die entgegengesetzte Richtung strichen. Diese Prozedur half ihm beim Nachdenken, seine schräg stehenden Augen wurden dabei noch schmaler als sonst. »Und dabei könnte der Ausweis aus 'm Kittel gefallen sein.«

Kriminaloberkommissar Veit Wagner, ein Mann der gerne die Lorbeeren anderer einheimste, schlau, intrigant, war zehn Jahre älter als Willsch, mit dem er ein unzertrennliches Gespann in Verenas Team bildete. Ein paarmal hatte Verena versucht, mit Dr. Meininger über eine Versetzung der beiden zu sprechen. Sie war jedesmal im Ansatz abgewürgt worden. Aber sie würde nicht locker lassen.

»Ja, vielleicht. Aber man trägt doch nicht den Ausweis lose in der Jackentasche. Normalerweise steckt er in der Brieftasche. Für mich sieht das so aus, als ob der Ausweis hinterlegt worden wäre. Und das Entkleiden könnte eine Art Demütigung sein.« Verena schaute wieder in die Runde. »Was halten Sie davon?«

»Er könnte auch beim Durchwühlen der Brieftasche unbemerkt herausgefallen sein,« meinte Wagner. »Wo genau hat er denn gelegen?«

»Ungefähr zwanzig Meter von der Leiche entfernt. Von der Straße weg, Richtung Stadion.«

»Der Mörder ist also zu Fuß Richtung Stadion davongelaufen«, fuhr Wagner fort, der nicht müde wurde, über seinen mittlerweile glänzenden Oberlippenbart zu streichen, »weil er dort sein Auto geparkt hat?«

»Oder er war gar nicht mit dem Auto unterwegs. Vielleicht mit dem Fahrrad? Oder zu Fuß?«, sagte Willsch.

»Vielleicht haben sich der Mörder und Smyrnak gekannt, und sie sind zusammen in Smyrnaks Auto rausgefahren«, sagte Benno.

»Es hilft nichts, Leute. Bella hat zwar wichtige Spuren verwischt. Willsch und Wagner, Sie gehen trotzdem raus zum Tatort und schauen sich nochmals gründlich um. Vergessen Sie nicht sämtliche Parkplätze in der Umgebung. Dann klappern Sie alle Häuser im Umkreis ab. Vielleicht findet sich jemand, der etwas gehört oder gesehen hat. Alles ist wichtig. Benno und ich gehen in Smyrnaks Büro«, bestimmte Verena.

Willsch und Wagner standen auf. Neben Willschs wuchtiger Statur wirkte Wagner noch kleiner, als er ohnehin war, da änderten auch die Schuhe mit den höheren Absätzen nicht viel, die er vorwiegend trug.

*

»Was macht ein prominenter Mann wie Smyrnak spät abends im Sportpark?«, überlegte Verena, während sie zu Fuß zu Smyrnaks Büro unterwegs waren.

»Hm. Ein geheimes Treffen?«, sagte Benno, der etwas außer Atem war, da er versuchte, mit Verena Schritt zu halten, was angesichts ihrer vom Untergrund unabhängigen Schrittlänge nicht einfach war. Mittlerweile waren sie in der Fußgängerzone angekommen. Da heute Markttag war, drängten sich unzählige Menschen mit dicken Einkaufstaschen und bauchigen Körben durch die engen Gassen zwischen den Marktbuden hindurch, die um den Marktbrunnen herum aufgebaut waren. Es roch nach Kräutern und frisch gebackenem Brot. Der Marktplatz war von herausgeputzten Fachwerkhäusern umgeben. Rechter Hand, wenn man sich von der oberen Wilhelmstraße dem Marktplatz näherte, befand sich der Spitalhof, ein Gebäudekomplex aus dem 13. Jahrhundert. Auf einer glänzenden Tafel neben dem imposanten Torbogen stand zu lesen, dass der Spitalhof im Mittelalter als Krankenanstalt gedient hatte, später hauptsächlich als Altersheim der bürgerlichen Oberschicht. Beim großen Stadtbrand 1726 war das Gebäude schwer beschädigt worden. Heute war ein Gymnasium darin untergebracht.

Gegenüber dem Spitalhof stand das Rathaus. Und hier begann Verenas Ärger. Der triste Betonklotz wirkte im ansonsten malerischen Stadtbild wie eine dicke Kröte, die auf einem edlen Sitzmöbel Platz genommen hatte. Unhöflich genug, nicht mehr von der Stelle zu weichen.

»Ein Verbrechen«, murmelte Verena.

»Davon müssen wir ausgehen. Jedenfalls sprechen alle Anzeichen dafür.« Benno schaute seine Chefin verständnislos an. Hatte sie jetzt den Verstand verloren?

»Das Rathaus! Warum hat bisher niemand die Verantwortlichen zur Rechenschaft gezogen? Sie müssten selbst darin wohnen müssen. Oder besser noch, in direkter Nachbarschaft, um bei jedem Blick aus den Fenstern mit diesem Anblick konfrontiert..., nein, bestraft zu werden.«

Smyrnaks Büro befand sich in einem hohen, schmalen Altbaugebäude in der Katharinenstraße, einem Seitenarm der Fußgängerzone, der direkt zum Tübinger Tor führte. Die schwere Holztür war nicht abgeschlossen. Drei Stockwerke höher standen Verena und Benno vor der Bürotür, die auf ihr Klingeln sofort geöffnet wurde.

Die ältere, großgewachsene Frau stellte sich als Frau Buckenmaier vor. In ihrem Gesicht, das die Schönheit früherer Jahre ahnen ließ, lag Besorgnis. Und nachdem Verena und Benno sich vorgestellt und ihre Dienstausweise gezeigt hatten, erschrak die Frau vollends. Sie fragte, ob mit ihrem Chef etwas passiert sei, denn er sei immer, seit sie für ihn arbeite, pünktlich um viertel neun im Büro gewesen. Jetzt war es halb neun.

»Herr Smyrnak ist heute Nacht tot aufgefunden worden. Es tut uns sehr Leid«, sagte Verena und behielt die Frau im Blick. Im Laufe ihres Berufslebens hatte Verena festgestellt, dass beim Überbringen schlechter Nachrichten die Reaktion der Betroffenen nicht davon abhing, wie schonend man vorging, sondern welchen Charakters derjenige war.

»Herr Smyrnak? Tot?«, rief Frau Buckenmaier. Sie wich zurück, taumelte, suchte Halt. Verena fing sie auf.

»Was ist um Himmels Willen passiert?«, fragte die Frau, nachdem sie sich einigermaßen gefasst hatte. Sie zog ein zerknülltes Papiertaschentuch aus dem Ärmel ihres Strickpullovers und schneuzte heftig hinein.

»Wir wissen noch nicht viel. Er wurde am Kreuzeichestadion gefunden.«

»Aber nehmen Sie doch Platz. Entschuldigen Sie bitte.«

Frau Buckenmaier deutete auf eine kleine Sitzgruppe aus feinem Leder in der Ecke ihres Büros. Alle drei setzten sich.

»Sie können sich sicher denken, dass wir einige Fragen an Sie haben«, begann Verena.

»Natürlich. Es … es geht schon wieder.«

Und wie zum Beweis straffte Frau Buckenmaier die Schultern und schaute Verena direkt ins Gesicht.

»Wie lange arbeiten Sie schon in dieser Firma?«

»Seit fünfundzwanzig Jahren.«

Stolz schwang in ihrer Stimme mit.

»Eine lange Zeit«, meinte Verena. »Immer unter dem gleichen Chef?«

»All die Jahre, ja. Wir sind hier in diesen Räumen zusammen alt geworden, kann man sagen.« Frau Buckenmaier kämpfte mit den Tränen.

»Erzählen Sie uns, was Ihr Chef Herr Smyrnak gestern gemacht hat«, sagte Verena.

Frau Buckenmaier lehnte sich zurück und faltete die Hände im Schoß, behielt das stark beanspruchte Taschentuch in den Händen und trocknete sich hin und wieder die Augen damit. Benno versuchte nicht hinzuschauen.

»Er kam pünktlich um viertel neun, wie jeden Morgen. Bis

zwölf haben wir gemeinsam Büroarbeiten erledigt. Um viertel eins war er mit dem Bürgermeister zum Essen verabredet. Sie tun das regelmäßig, meist gehen sie in den Ratskeller. Sehr gute Küche.« Frau Buckenmaier versuchte ein Lächeln, was ihr misslang. »Um zwei war er wieder im Büro. Wir haben dann bis dreiviertel sieben weitergearbeitet.«

»Arbeiten Sie jeden Tag so lange?«, fragte Benno.

»Nur wenn es die Situation erfordert. Zurzeit haben wir ein neues Projekt und deshalb sehr viel zu tun.«

»Was ist das für ein Projekt?«, hakte Verena nach.

»Der Krankenhausneubau. Genauer gesagt, ein Anbau. Den Zuschlag haben wir erst kürzlich bekommen, und zurzeit stecken wir … beziehungsweise mein Chef … besser gesagt … jetzt ja nicht mehr …« Die Frau brach wieder in Tränen aus. Als sie in ihr zerrupftes Taschentuch schneuzen wollte, reichte Benno ihr eins von seinen Stofftüchern. Nur ganz kurz hatte er gezögert.

Als sie sich beruhigt hatte, fragte Verena: »Hatte er noch Pläne oder Termine für den Abend?«

»Ich bin mir sicher, ob er noch weiterarbeiten wollte, nachdem er mich nach Hause geschickt hatte. Er war sehr fleißig«.

»Haben Sie mitbekommen, ob er einen Anruf bekommen hat, mit dem er nicht gerechnet hat? Ist er unverhofft … vielleicht eingeladen worden?«

»Nein, die Telefonate kommen alle bei mir im Sekretariat an. Es war nichts Ungewöhnliches dabei. Auch nichts, was ihn veranlasst haben könnte, außerplanmäßig das Büro zu verlassen.«

»Hat er ein Handy?«, fragte Benno.

»Ja sicher. Es lag immer auf seinem Schreibtisch, und wenn er das Büro verließ, steckte er es in die Jackentasche.«

Verena schaute Benno an. Der machte große Augen und zuckte mit den Schultern.

»Ist es vielleicht hier im Büro?«

Frau Buckenmaier stand auf, um in Smyrnaks Büro nach dem Handy zu suchen. Sie fand es nicht.

Verena rief im Präsidium an und gab Anweisungen, das Handy zu orten. Vielleicht hatten sie ja Glück und das Ding war noch an.

»Hatte Ihr Chef einen Terminplaner oder so etwas? Wir haben nichts derartiges bei ihm gefunden.«

»Er besitzt ein kleines Ringbuch aus Leder, in das er seine privaten Termine einträgt. Er hat es meistens bei sich. Manchmal vergisst er es, dann liegt es für gewöhnlich auf seinem Schreibtisch.«

Frau Buckenmaier stand erneut auf, um nachzusehen. Mit einem kleinen dunkelbraunen Terminbuch kam sie aus Smyrnaks Büro zurück. Sie gab es Verena, die den 31. März aufschlug. Es waren keine Termine eingetragen, nur ein Name: Diana. Ohne Uhrzeit oder sonstigen Bezug.

»Wissen Sie, wer diese Diana ist?«, fragte Verena Frau Buckenmaier und zeigte ihr die aufgeschlagene Seite mit dem Eintrag. Frau Buckenmaier setzte ihre Lesebrille auf, die ihr an einer Kette um den Hals hing, und sah sich den Eintrag mit gebührendem Abstand an.

»Keine Ahnung. Tut mir Leid. Normalerweise habe ich keinen Einblick in sein privates Terminbuch. Für seine Geschäftstermine führe ich einen eigenen Kalender, und da ist für gestern nichts Wichtiges eingetragen.«

»Kennen Sie seine Frau?«, fragte Verena jetzt, ohne so recht zu wissen, was sie mit dieser Frage bezweckte. Sie war mehr aus dem Bauch heraus gekommen.

»Ich bin nur einmal mit ihr zusammengetroffen. Es ist schon eine Weile her.« Frau Buckenmaiers Körper spannte sich. »Ich war nach erfolgreichen Vertragsverhandlungen zum anschließenden Geschäftsessen mit eingeladen. Seine Frau war auch dabei. Sie fiel mir ... nun ja ... wie soll ich sagen ... sie fiel mir negativ auf, weil sie ihrem Mann, also meinem Chef, ständig ins Wort fiel, seine Sätze vollendete oder ihn unterbrach und so weiter. Es war peinlich. Für alle. Nur ihr schien es nichts auszumachen. Und mich hat sie an diesem Abend komplett ignoriert. Ich war Luft für sie. Wenn es nach ihr gegangen wäre, wäre ich erst gar nicht eingeladen worden. Ich weiß natürlich nicht, ob sie immer so ist. Wie gesagt, ich bin ihr nur dieses eine Mal begegnet.«

Frau Buckenmaiers Nase schien eine Spur spitzer geworden zu sein. Ihre Wangen hatten sich leicht gerötet.

»Hat er mit Ihnen über seine Ehe gesprochen?«, fragte Benno.

»Nein, nie. Und wie ich schon sagte, weiß ich nicht, ob das Verhalten von Frau Smyrnak an diesem Abend repräsentativ war. Aber ich glaube, er war in dieser Ehe nicht glücklich. Er hat in all den Jahren, die ich für ihn arbeite, nie ein einziges Wort über seine Frau verloren. Meiner Meinung nach spricht das Bände. Aus anderen Quellen weiß ich aber, dass er am Anfang der Ehe wohl sehr beeindruckt von ihr gewesen sein muss. Sie kommt aus gutem Hause, aus einem Milieu, das ihm schon immer imponiert hatte und das zu erreichen er aus eigener Kraft damals noch nicht imstande war. Gy Grasholm soll übrigens ein Vetter der Familie sein«, die Stimme Frau Buckenmaiers hatte sich bei dem Namen des Künstlers ehrfurchtsvoll gesenkt. Dann fuhr sie fort: »Ich glaube, dass sie für ihn die Eintrittskarte in diese Kreise war.« Frau Buckenmaier machte eine kurze Pause. »Nein, er hat nicht mit mir über seine Ehe gesprochen.« Sie dachte einen kurzen Augenblick nach, als suche sie nach Worten. »Er war ein sehr gut aussehender Mann. Aber seine Frau war ihm von jeher … überlegen. Sie hat Kunstgeschichte studiert. Er war nur ein kleiner Kaufmann. Zwei Welten. Und mit den Jahren hat sie ihn wohl ihre Überlegenheit spüren lassen. Vielleicht hat sie auch begriffen, wofür er sie benutzt hat.«

»Woher wissen Sie das alles?«, fragte Verena.

»Berufsbedingt habe ich viele Quellen«, Stolz schwang in ihrer Stimme mit, »außerdem eine gute Menschenkenntnis. Und wie gesagt – dieses eine Geschäftsessen hat Einblicke erlaubt …«

»Und wie liefen die Geschäfte sonst, wenn gerade kein neues Projekt anstand?«

»Exzellent. Mein Chef ist …«, Frau Buckenmaier hielt inne, da sie gegen die aufsteigenden Tränen ankämpfen musste, »… *war* sehr geschäftstüchtig. Er hat in den Anfangsjahren eine Menge Zeit und Geld investiert – auch wenn es zugegebenermaßen *ihr* Geld war. Er hat viel gebaut. Halb Reutlingen gehört ihm.«

»Hatte er Feinde?«

»Sicher nicht. Seine Objekte sind zwar nicht gerade billig. Aber er sorgt für 1-A-Qualität. Immer vom Feinsten«, sagte Frau Buckenmaier.

Verena überlegte, wem eigentlich *ihr* Haus gehörte. Ihren Vermieter hatte sie nie kennengelernt. Über eine Verwaltungsfirma hatte sie seinerzeit die Formalitäten abgewickelt. Möglicherweise wohnte auch sie in einem von Smyrnaks Häusern.

Benno, der in der Zwischenzeit die Nachbarwohnungen abgeklappert hatte, kam zurück und schüttelte kaum merklich den Kopf. Keiner hatte gestern Abend etwas gesehen oder gehört. Im ganzen Haus nur Geschäftsräume, die nach sieben leer standen.

»Ich kann mir nicht vorstellen, dass irgendjemand etwas gegen ihn gehabt haben könnte. Es gab so gut wie nie Reklamationen«, nahm Frau Buckenmaier den Faden wieder auf, als ob das Licht, in dem sie ihren Chef erstrahlen ließ, nicht schon hell genug leuchtete.

›Klarer Fall von Heiligenverehrung‹, dachte Verena, als plötzlich ein junger Mann durch eine Tür neben Smyrnaks Büro kam. In dem Moment, als er die Sekretärin ansprechen wollte, bemerkte er Verena und Benno und hielt abrupt inne. Sein konservatives Äußeres stand im Kontrast zu seinem jugendlichen Alter – Verena schätzte ihn auf Ende Zwanzig. Sein kurzes, dunkles Haar war an der Seite streng gescheitelt. Seine Augen wanderten unruhig zwischen Verena und Benno hin und her. Der feindselige Blick, mit dem Frau Buckenmaier ihn versah, entging Verena nicht. Ohne aufzustehen, sagte Frau Buckenmaier: »Das ist André von Rottach, ein Neffe meines Chefs, genauer gesagt seiner Frau. Er arbeitet seit einem dreiviertel Jahr hier.«

Wortlos reichte André von Rottach Verena und Benno die Hand. Sein Händedruck war fest.

»Sie sind also hier angestellt?«, fragte Verena.

»Und *wen* interessiert das?«, entgegnete er.

Verena zeigte ihm ihren Dienstausweis und stellte sich vor. »Und nun zurück zu meiner Frage.«

»Die Frage, ob ich hier angestellt bin, dürfte sich nach der Einführung der Sekretärin, um wen es sich bei mir handelt, erübrigt haben, nicht?« Von Rottach hielt Verenas Blick stand. Sein Gesicht zeigte keine Regung. Und noch bevor Verena eine passende Antwort einfallen konnte, fuhr er fort: »Welchem Umstand verdanken wir den Besuch der Staatsmacht?«

»Ihr Onkel ist heute Nacht tot aufgefunden worden. Erstochen.«

»Unnötig, Ihnen den trauernden Neffen vorzuheucheln. Wenn Sie Ihre Arbeit sorgfältig erledigen, werden Sie in kürzester Zeit eruiert haben, dass es mit dem Verhältnis zwischen meinem Onkel und mir nicht zum Besten stand. Onkel Peter hat mich vor neun Monaten in die Firma geholt…«,

»Aufgedrängt haben Sie sich geradezu«, echauffierte sich Frau Buckenmaier. Von Rottach würdigte die Sekretärin keines Blickes und fuhr fort: »Ich habe mich mit zwölfeinhalb Prozent an der Firma beteiligt. Meinem Onkel war das Geld sehr willkommen.«

»Es ging ihm finanziell prächtig. Er war auf Ihr Geld nicht angewiesen. Über Ihre Tante haben Sie sich an ihn herangemacht«, rief Frau Buckenmaier erregt. Sie war mittlerweile aufgestanden und hatte sich vor dem jungen Mann aufgebaut. Und obwohl sie einen Kopf kleiner war, schien sie ihm nun einen gewissen Respekt einzuflößen.

»Und warum hätte ich das tun sollen?«, gab er zurück.

»Weil Sie selber nichts zustande bringen. Sie haben nicht das Zeug, so etwas…«, dabei machte sie eine ausholende Armbewegung, womit klar war, dass sie die Firma meinte, »… aus eigener Kraft aufzubauen. Da setzt man sich lieber ins gemachte Nest.«

»Was ist falsch daran? So bleibt das Kapital wenigstens in der Familie«, entgegnete er kühl.

»Sie haben nicht das Format Ihres Onkels, nicht seinen Geschäftssinn. Ihr Onkel hat Sie seiner Frau zuliebe in die Firma genommen«, sagte Frau Buckenmaier. »Ihr Ehrgeiz gilt allein Ihrem Handicap.«

Verächtlich schaute von Rottach auf die Frau herab. Dann wandte er sich ab und sagte zu Verena: »Ich würde mich gerne zurückziehen, wenn Sie erlauben. Ich habe noch zu arbeiten.«

»Vorher beantworten Sie mir noch eine Frage«, gab Verena zurück. »Wo waren Sie gestern zur Tatzeit?«

»Wann, sagten Sie, war das gleich?«

»Zwischen halb elf und Mitternacht.«

»Ich hatte gestern einen freien Tag. Und da ich ein erfolgreiches Golfturnier gespielt hatte, habe ich abends noch mit Freunden im Clubhaus gefeiert. Ich habe mich so gegen dreiviertel eins auf den Heimweg gemacht. Die Pächter im Club werden meine Angaben bestätigen. War's das?«

»Fürs Erste.«

»Dann Ade zusammen«, sagte er und ging mit langen Schritten in das Zimmer zurück, aus dem er vorhin gekommen war.

»Geh ihm nach«, sagte Verena zu Benno und zu Frau Buckenmaier: »Wir müssen auch das Büro Ihres Chefs versiegeln. Sorgen Sie dafür, dass beide Räume unter Verschluss bleiben. Was gibt es für Unterlagen außerhalb der Büros?«

Frau Buckenmaier war wieder den Tränen nah. Kräftig schniefte sie in Bennos Taschentuch.

»Meine komplette Ablage hier im Sekretariat. Schriftwechsel, Kontoführungen und so weiter. Es ist alles vollständig. Sie werden nichts vermissen«, sagte sie mit den Tränen kämpfend.

Gemeinsam trugen sie ungefähr drei Dutzend Ordner in Smyrnaks Büro hinein. Benno half nur halbherzig. Er mochte es nicht zu schwitzen. Er nahm maximal zwei Ordner auf einmal, um sich nicht zu überanstrengen. Die missbilligenden Blicke seiner Chefin nahm er in Kauf.

Frau Buckenmaier seufzte unentwegt. Es schien ihr schwerzufallen, sich von ihren Unterlagen zu trennen. Verena meinte sogar einmal gesehen zu haben, wie sie einen der Ordner gestreichelt hatte.

Als sie fertig waren, versiegelte Verena die Büros und wies Frau Buckenmaier und von Rottach nochmals darauf hin, auf keinen Fall die Siegel zu beschädigen. Das Terminbuch hatte sie Benno gegeben, der es einsteckte.

*

»Ein schönes Früchtchen hat ihm seine Frau da aufgehalst«, sagte Verena, als sie sich wenig später auf dem Weg in die Pathologie befanden. »Wahrscheinlich war Smyrnak sogar heilfroh, dass der Junge auf dem Golfplatz mehr Zeit verbrachte als im Büro. So konnte er kein Unheil anrichten.«

Über Handy hatte Verena inzwischen die Kollegen vom Wirtschaftsdezernat in Smyrnaks Büro beordert.

Sie hatten gerade die Marienkirche passiert, deren Westturm in den wolkenverhangenen Himmel ragte, als wolle er die Wolken beiseite schieben.

»Blätter in dem Terminbuch zurück, und sieh nach, wie oft diese Diana noch eingetragen ist«, bat Verena Benno.

»Sie taucht tatsächlich regelmäßig auf. Mindestens einmal pro Woche«, sagte Benno nach einigen Momenten, »und vor ungefähr drei Wochen plötzlich nicht mehr. Dann nur noch einmal. Gestern.«

Benno steckte den Planer zurück in seine Manteltasche, denn es hatte wieder angefangen zu nieseln. »Ob sie sich regelmäßig getroffen haben?«

»Anzunehmen. Dass jemand so oft Geburtstag hat, ist eher unwahrscheinlich.« Verena grinste Benno an, der beleidigt tat.

»Es kann ja auch ein Codewort sein für irgendwas«, entgegnete er.

»Ja, ja, schon gut. Jedenfalls müssen wir alle Mieter ermitteln. Alle! Dann müssen sämtliche Geschäftspartner unter die Lupe genommen werden. Vielleicht sind ja unsaubere Dinge gelaufen, wer weiß? Dann brauchen wir eine Liste aller Telefonate in letzter Zeit, sowohl Büro- als auch Privatanschluss.«

Benno hatte im Geiste mitgeschrieben.

4

›Wie bringt man es fertig, bei dieser Sache keine Angst zu haben?‹, dachte Benno. ›Und dazu noch Trost zu spenden. Wo man doch am liebsten weglaufen möchte.‹

Mit den Händen auf das Waschbecken gestützt, stand er vor dem Spiegel und betrachtete sein Gesicht, dessen Ausdruck alles andere als souverän war, wie er fand. Ein Kaugummi war jetzt genau das richtige. Das lockert die Muskulatur. Er schob sich einen in den Mund und kaute heftig. Dann ließ er die Schultern kreisen, hüpfte ein wenig, nur so viel, wie es der Frisur nicht schadete, blies die Backen auf und machte zehn Kniebeugen.

»Kann ich heute noch mit dir rechnen?«, rief Verena von draußen durch die geschlossene Toilettentür. Benno warf einen letzten Blick in den Spiegel, nickte sich zu und ging nach draußen.

»Von mir aus kann's losgehen«, sagte er.

»Frau Smyrnak kommt jeden Moment. Geht's dir nicht gut?«

»Da ist sie schon«, sagte Benno, anstatt zu antworten, und zeigte mit dem Kinn in Richtung Frau Smyrnak, die in diesem Moment die Räume der Pathologie betrat. Ging man davon aus, dass sie seit der Nachricht vom Tode ihres Mannes kein Auge zugetan hatte, machte sie einen erstaunlich frischen Eindruck, soweit man das beurteilen konnte, da eine dunkle Sonnenbrille ihre Augen bedeckte. Wortlos reichte sie Verena und Benno die behandschuhte Hand und ließ sich in den Raum führen, in dem Dr. Schmalhans schon auf sie wartete. Er stand am Kopfende der Bahre, auf der der tote Peter Smyrnak lag, und nickte, als die drei eintraten. Das grelle Neonlicht zeichnete scharfe Konturen in die müden Gesichter.

Langsam näherte sich Frau Smyrnak der Bahre und sah auf das mintgrüne Tuch herab, das die Umrisse des Mannes angenommen hatte, den sie in- und auswendig kannte, der seit 29 Jahre an ihrer Seite gelebt hatte. Ihr Blick wanderte über die Wölbung seines Brustkorbes hinauf zum markanten Profil seines Gesichtes. Dann sah sie Dr. Schmalhans an und nickte, der daraufhin das Tuch so weit zurückschlug, dass das Gesicht des Toten zu sehen war. Für einen kurzen Moment nahm Frau Smyrnak die Sonnenbrille ab, nickte unmerklich und verließ grußlos den Raum.

›Diese Frau braucht keinen Trost‹, dachte Benno, froh, wieder an die frische Luft zu können.

5

Um zwölf lag der vorläufige Autopsiebericht auf Verenas Schreibtisch. Dr. Schmalhans hatte Wort gehalten. Was den Todeszeitpunkt betraf, hatte er sich auf 22.30 Uhr festgelegt. Der tödliche Stich in die Halsschlagader war mit einem Messer mit breiter Klinge ausgeführt worden. Der Autopsiebericht lieferte auch die Erklärung dafür, warum Herr Smyrnak sich offensichtlich gegen den tödlichen Stich in den Hals nicht gewehrt hatte: ein Stromstoß! Er war dem Stich vorausgegangen. Kein allzu starker, kein tödlicher Stromstoß, aber einer, der Smyrnak außer Gefecht gesetzt haben muss.

Es wurde kein Alkohol im Blut gefunden. Der Magen war fast leer gewesen, bis auf Reste von Laugenwecken und Leberwurst.

»Wir müssen die Sekretärin fragen, wann und wo er gegessen hat«, sagte Verena und griff zum Telefon. Sie erfuhr von Frau Buckenmaier, dass es ihre Aufgabe gewesen war, für einen gefüllten Kühlschrank im Büro zu sorgen. Das Essen habe er sich selbst gemacht. Ja, Laugenwecken und Leberwurst seien auch dabei gewesen.

»Wir können also annehmen, dass er das Büro bis zu seinem Zusammentreffen mit dem Mörder nicht mehr verlassen hat. Zumindest hat ihn keiner gesehen.«

Verena war mittlerweile aufgestanden und hatte sich nach einer kurzen Wanderung durch das Büro – sechzehn Schritte – auf den schmalen Fenstersims gesetzt.

»Was ist eigentlich mit Smyrnaks Wagen, Benno?«

»Der stand auf dem Parkplatz, ungefähr zehn Meter vom Fundort entfernt. Ordnungsgemäß geparkt. Der Schlüssel hat gesteckt. Im Moment beschäftigt sich die Spurensicherung mit ihm.«

Die Pächter des Golfclub-Restaurants hatten Benno inzwischen telefonisch das Alibi von André von Rottach bestätigt. Er habe den ganzen Abend und bis weit nach Mitternacht gefeiert, da er sein Handykap von 18 auf 16 verbessert habe.

»Schnick, Schnack, Schnuck?« Benno schaute herausfordernd.

»Schnick, Schnack, Schnuck.« Verena hatte Blatt, Benno Brunnen, also trottete Benno los, um beim *Pino* um die Ecke für jeden eine Pizza zu holen.

Der Nachmittag verging darüber, mit Hilfe von Frau Buckenmaier, die ins Präsidium gebeten wurde, sämtliche Mieter und Eigentümer zu ermitteln, die je mit Herrn Smyrnak zu tun gehabt hatten. Vielleicht hatte es doch gravierende Unzufriedenheiten oder Streitigkeiten gegeben. Um dreiviertel acht verließ Frau Buckenmaier das Präsidium. Sie hatten nichts gefunden.

6 Verena schloss ihre Wohnungstür auf, nachdem sie die siebenundachtzig Stufen in die vierte Etage erklommen hatte, und stolperte über ihre Hausschuhe, die im Flur herumlagen.

›Ihr kommt mir gerade recht‹, sagte sie zu ihnen, zog die nassen und zu engen Stiefeletten von den schmerzenden Füßen und die Hausschuhe an. Sie waren flauschig, hatten an der Spitze rosa Bommeln und waren ansonsten mausgrau. Verena schlurfte in die Küche – sieben Schritte – holte die angebrochene Flasche Rosé, den Ziegenkäse und die Fleischtomaten aus dem Kühlschrank und machte sich Brote. Den Teller mit den Broten in der einen, das volle Weinglas in der anderen Hand ging sie ins Wohnzimmer und setzte sich auf den Sitzwürfel mit der bunten Oberseite, der dem hellbeigen Zweisitzer gegenüberstand. Dann fiel ihr ein, dass sie nebenher schon mal ein bisschen reinhören könnte, stand wieder auf, nahm die *Italienisch für Anfänger*-CD aus der Hülle und legte sie ein. Sie hatte sich die CD neulich gekauft, sie aber noch nicht angehört.

›Buongiorno‹ begrüßte sie eine freundliche Männerstimme.

»Boungiorno«, gab Verena zurück. Sie biss in ihr Brot und hatte Mühe, die Zwiebelringe auf den Tomatenscheiben zu halten.

Als sich der freundliche Herr mit »Mi chiamo Massimo Salieri.« vorstellte, klingelte das Telefon. Verena stand auf, sagte schnell noch »Mi chiamo Verena Paul.« und ging in den Flur zum Telefon, das auf der Kommode stand. Auf dem Display erkannte sie die Nummer ihrer Mutter. Verena zögerte einen Moment, nahm dann ab.

»Ich bin's Kind, stör' ich?«

»Nein. Wie geht's dir?«

»Na ja, wie soll's mir schon geh'n? Ich bin mal wieder allein.«

»Hm.«

»Hast du ein bisschen Zeit?«

»Klar«, log Verena. Sie richtete sich auf ein längeres Gespräch ein und überlegte, was sie nebenher tun könnte, denn die Telefonate mit ihrer Mutter waren für gewöhnlich zeitraubend und am Ende belanglos. Irgendwann hatte Verena bemerkt, dass ungeliebte Arbeiten, zu denen sie unbedingt die Hausarbeit zählte, ihren Schrecken verloren, wenn sie sie während der Telefonate mit ihrer Mutter erledigte. Sie erblickte durch die offene Badezimmertür den Schmutzwäscheberg, der in der Badewanne zu einem beachtlichen Haufen angewachsen war. Gerne hätte sie sich jetzt den Telefonhörer zwischen Schulter und Ohr geklemmt, um beide Hände freizuhaben, so wie das andere auch konnten. Aber bei ihr klappte es nicht. Entweder war ihre Schulter zu kurz oder das Ohr zu weit weg. Ganz hatte sie die Ursache noch nicht herausgefunden. Den Hörer also in der linken Hand, fing Verena jetzt an, mit der rechten Hand den Wäscheberg zu sortieren. Einmal mehr beglückwünschte sie sich zum Kauf des kabellosen Telefons. Sie hatte zwar gelesen, dass die Strahlung dieser Mobiltelefone schädlich fürs Gehirn sein soll, aber sie konnte sich das bei ihrem kleinen und unschuldig aussehenden Telefon gar nicht vorstellen.

»... und deshalb immer häufiger wegzubleiben.«

Jetzt erst merkte Verena, dass sie ihrer Mutter gar nicht zugehört hatte. Sie hoffte inständig, den roten Faden aufnehmen zu können. Ihre Mutter kam ihr zu Hilfe.

»Ich anstelle deines Vaters würde auch nicht mit mir zusammensein wollen. Ich bin ein Wrack. Zu nichts mehr zu gebrauchen. Du kommst mich ja auch nicht besuchen.«

»Wuppertal ist nicht gerade um die Ecke.«

Mittlerweile war Verena ins Schlafzimmer gegangen, um die auf dem Fußboden herumliegenden Kleidungsstücke mit einer Hand aufzuheben und auf ihrem Bett zu falten, was aber misslang. Verena begnügte sich damit, sie einfach nur aufs Bett zu legen.

»Warum gehst du nicht ein bisschen raus? Du hast doch Freundinnen. Oder mach ...«, Verena fiel jetzt auf die Schnelle nichts ein, was ihre Mutter möglicherweise interessieren könnte, »... einen Sprachkurs oder einen Literaturkurs. Da lernst du Leute kennen. Warte doch nicht immer, bis *er* nach Hause kommt.«

»Ach, was soll ich alte Kuh noch einen Kurs machen?«

Verena konnte ihre vergeblichen Versuche, ihrer Mutter Mut zu machen und ihr Selbstvertrauen zu stärken, schon gar nicht mehr zählen.

›So lange sie sich von diesem Kerl kleinmachen lässt, ist nichts zu machen‹, dachte sie entnervt.

Es war eine Weile still zwischen ihnen. Verena war in die Küche gegangen, um so geräuschlos wie möglich die Spülmaschine einzuräumen. Dumm nur, dass das saubere Geschirr von vorgestern noch drin war.

Dann nahm Verena wahr, dass dies kein gewöhnliches Schweigen war.

»Raus mit der Sprache, was ist los?«, sagte sie.

Durch das Telefon konnte Verena spüren, wie ihre Mutter mit sich rang. Dann endlich gab sich die Frau einen Ruck: »Vor drei Tagen hab' ich fremde Haare auf seinem Jackett gefunden. Frauenhaare. Blond. Gefärbt!«, und nach einer kurzen Pause fuhr sie fort: »Und seine Kleidung roch nach diesem … fremden … Geruch.«

Verena blieb unbeeindruckt. Auch das wunderte sie bei ihrem Vater nicht.

»Hast du ihn darauf angesprochen?«

»Nein. Ich hab' keine Kraft …, vielleicht will ich's auch gar nicht wissen.«

Ihre Mutter tat ihr Leid. Was für ein verkorkstes Leben.

»Denkst du dran, dass ich am zwanzigsten Geburtstag habe? Du kommst doch, oder?«, fuhr Verenas Mutter fort. Ihr Tonfall war jetzt bemüht heiter.

Verena erschrak.

»Das könnte schwierig werden. Ich bin mitten in einem Fall, ich kann's dir nicht versprechen.«

»Ob Viktoria wohl daran denkt? Oder sich endlich meldet? Ach, ich wage es gar nicht zu hoffen, Kind.«

»Dran denken tut sie gewiss, dass sie sich meldet, glaub' ich eher nicht.«

Seit Verena und ihre Zwillingsschwester Viktoria nach dem Abitur das Elternhaus verlassen hatten – Verena, um ihre Polizistenlaufbahn zu beginnen, Viktoria, um endlich zu »leben« –, hatte Viktoria nichts mehr von sich hören lassen. Sie hatte alle Brücken hinter sich abgebrochen, hatte keine Adresse angegeben, keine Stadt genannt, in der sie zu »leben« gedachte. »Wenn *ich* es möchte, werdet ihr von mir hören« war alles, was sie gesagt hatte. Anfänglicher Zuversicht, dass Viktoria sich bald melden würde, war Verzweiflung gewichen und Angst, dass ihr etwas zugestoßen sein könnte oder dass sie auf die schiefe Bahn geraten war. Und jetzt, nach inzwischen fünfzehn Jahren, hatte sich bei Verena eine gewisse Gleichgültigkeit eingestellt. Wenn es der Wille ihrer Schwester war, partout nichts von sich hören zu lassen, dann sollte es so sein. Ihre Mutter jedoch war in der Verzweiflung steckengeblieben. Bei ihrem Vater hingegen vermutete Verena außer Gleichgültigkeit keinerlei Reaktion auf das Verschwinden der Tochter.

»Wünschst du dir was Besonderes zum Geburtstag?«

Verena versuchte ihre Mutter aufzuheitern.

»Was ich mir wünsche, kannst du mir doch nicht schenken«, entgegnete die Mutter.

Verena verdrehte die Augen.

»Du weißt doch, Kind, dass ich es nicht leiden kann, wenn man mich nach Geburtstagswünschen fragt. Viel lieber ist mir, wenn andere sich Gedanken um… Oh, da kommt dein Vater nach Hause, ich muss…«, die Frau war in einen Flüsterton übergegangen, »… ich ruf' wieder an, bis bald.« Dann wurde die Verbindung unterbrochen.

Verena stellte das Telefon in die Station zurück, ging ins Wohnzimmer und setzte sich auf ihren bunten Würfel. Der einzige Halt ihrer Mutter zu sein, wog schwer auf ihren Schultern. Verena war hin und her gerissen zwischen Verständnislosigkeit über die Lebensunfähigkeit ihrer Mutter und Mitleid mit ihr.

7

Sie saßen in der gleichen Formation am Tisch im Besprechungszimmer wie gestern. Verena war müde. Sie hatte schlecht geschlafen und noch schlechter geträumt. Sie hörte sich die Berichte der Kollegen an. Willsch und Wagner hatten die Gegend um den Tatort herum abgesucht, aber nichts gefunden. Sie hatten sämtliche Sportparkbesucher sowie alle Anwohner in der Umgebung befragt. Sie hatten erfahren, dass die Kicker des SSV Reutlingen gestern trainingsfrei hatten und deshalb nach Einbruch der Dunkelheit im Markwasen nichts mehr losgewesen war. Willsch und Wagner hatten noch einige Hundebesitzer ausfindig gemacht, die am Abend mit ihren Vierbeinern eine Runde gelaufen waren, aber keiner hatte etwas gesehen oder gehört. Verena stand auf, ging zum Fenster – vier Schritte – und setzte sich auf den schmalen Fenstersims. Heute Morgen hatte eine lange Liste aller Geschäftspartner von Smyrnak auf ihrem Schreibtisch gelegen. Schnelle Arbeit von der Wirtschaft.

»Jeder Einzelne muss überprüft werden«, sagte sie zu Willsch, »aber unauffällig, wir wollen keinen Staub aufwirbeln. Vorstrafen, Finanzen, Geschäftsgebaren, ich möchte *alles* wissen.«

»Und wie soll ich ohne richterlichen Beschluss die Finanzen prüfen?«

»Schau'n Sie halt, wie weit Sie kommen.«

Willsch machte kein glückliches Gesicht, sagte aber nichts mehr. Nur seine fleischigen Lippen sahen so aus, als ob sie schmollten. Aber eigentlich taten sie das immer.

»Und Sie, Wagner, klappern die Gegend um Smyrnaks Büro ab, sämtliche Geschäfte in der Katharinenstraße. Vielleicht hat ja doch jemand irgendwas gesehen. Ach ja, und dann noch alle Waffengeschäfte. Möglicherweise bringt uns dieses Elektroschockgerät auf eine Spur.«

Wagner nickte, für Willschs Geschmack eine Spur zu beflissen.

8

Der BMW stand gut getarnt unter einer großen Weide, deren Zweige tief herunterhingen. Im Inneren des Wagens, dessen Scheiben beschlagen waren, herrschte rege Betriebsamkeit. Es hoben und senkten sich Körperteile, nackte Gliedmaßen schimmerten im Mondschein. Ab und zu waren blonde Haare zu sehen.

Der Mann hörte es zuerst. Er hielt inne.

»Was ist denn, warum machst du nicht weiter?«, fragte die Frau.

»Halt den Mund. Da war was.«

Sie hielt den Mund. Und hörte nichts.

»Da ist nichts. Du bist nervös. Ist es wegen deiner Frau? Hast du's ihr endlich gesagt?«

»Quatsch. Ich bin nicht nervös. Wahrscheinlich war's nur ein Tier.«

Er wandte sich ihr wieder zu. Sie reckte ihm ihre wohlgeformten Brüste entgegen.

Jetzt war ein leises Klopfen zu hören, als ob jemand draußen stünde und hereingelassen werden wollte.

»Erwartest du jemanden, Liebling?«, fragte sie und kicherte. Sie wollte weitermachen, vorhin wäre sie fast soweit gewesen. Aber als sie jetzt nach seinem Glied griff, ahnte sie, dass eine Fortsetzung schwierig werden würde. »Warum sind wir nicht in ein Hotel gegangen? Immer diese Unbequemlichkeiten«, quengelte sie.

»Bist du verrückt? Man kennt mich doch überall. Und bisher bist du noch immer auf deine Kosten gekommen, oder?«

»Du könntest mich sowieso mal so langsam … ich meine … in deine Kreise mitnehmen. Hast du mir versprochen.« Sie machte einen Schmollmund.

›Das fehlte noch‹, dachte er. Nicht im Traum würde er Corinna offiziell einführen. Nicht auszudenken, diese Blamage. Schon nach dem zweiten Satz wäre sie entlarvt, es sei denn, er verbot ihr zu sprechen.

»Wann sagst du's endlich deiner Frau?« Sie rappelte sich auf, während sie ihn das fragte.

»So etwas muss man …« Da klopfte es erneut gegen die Wagentür, laut und nachdrücklich.

Jetzt wurde auch Corinna unruhig.

»Was ist das? Ich meine, das muss doch ein ziemlich großes Tier sein, wenn es überhaupt ein Tier ist, es kann ja auch …«

»Halt den Mund«, zischte er. Er setzte sich auf. Dann wischte er mit der flachen Hand das Kondenswasser von der Seitenscheibe. Doch er konnte nichts sehen, es war zu dunkel. Die Lust war beiden vergangen. Sie begannen sich anzuziehen.

»Hast du denn was gesehen?«

»Nein, es ist zu dunkel. Wenn es ein Tier war, ist es jetzt hoffentlich verschwunden.« Er wollte gerade seine Hose vom Rücksitz nehmen, als sie ein ohrenbetäubendes blechernes Rumsen aufschreckte. Als ob etwas Hartes aus großer Höhe auf der Motorhaube gelandet wäre. Der Wagen schaukelte leicht nach.

›Ein Stück gefrorene Scheiße aus einem Flugzeug vielleicht. So was kam ja vor‹, dachte der Mann intuitiv. ›Da sagt mir *der da oben* verdammt deutlich, was er von der Sache hier hält. Ganz große Scheiße!‹ Er grinste bei diesem Gedanken, doch nur solange, bis er Corinnas angststarrem Blick begegnete.

Sollte er die Tür öffnen und nachsehen? Was erwartete ihn da draußen? Ein Überfall? Ein Perverser?

»Ich möchte weg hier. Fahr los. Sofort!« Sie griff nach dem Zündschlüssel, der im Schloss steckte und wollte den Motor anlassen. In diesem Moment öffnete sich die Fahrertür. Ein knisterndes Surren. Ein Stöhnen. Dann sank der Kopf des Mannes auf das Lenkrad.

Ohne begriffen zu haben, was passiert war, raffte Corinna ihre Kleidungsstücke zusammen und lief in die Nacht.

9

»Wie siehst du denn aus?«, fragte Verena mit besorgt gerunzelter Stirn, als Benno eingestiegen war. Endlich glich er einmal allen anderen Menschen, die nachts aus dem Tiefschlaf gerissen werden, sei es wegen eines Magenproblems oder eines schreienden Kindes, sei es wegen einer Leiche.

Benno ignorierte die Spöttelei.

»Was wissen wir?«, fragte er stattdessen.

»Es gibt einen Toten. Eine anonyme Anruferin hat es gemeldet.«

Die Straße, die zur Achalm, dem Hausberg Reutlingens, hinaufführte, war eng und steil und führte an Obstwiesen vorbei. Oben angekommen, parkte Verena ihren Wagen am Rande des Parkplatzes.

Die Spurensicherung machte sich gerade an einer Limousine zu schaffen. Als Verena und Benno näher kamen, sahen sie den Toten, sein Kopf lag auf dem Lenkrad. Er trug Socken, sonst nichts.

»Weiß man schon, wer das ist?«, wandte Verena sich an einen Streifenpolizisten, der seine Kollegen herumkommandierte.

»Wir sind noch nicht dazu gekommen, seine Taschen zu durchsuchen«, antwortete der Polizist grinsend.

Verena fand das nicht lustig. Sie sah sich den Toten nun aus der Nähe an und entdeckte eine klaffende Wunde am Hals. Und überall war Blut.

*

»Neun?«

Verena schaute Dr. Schmalhans, der gerade seine Arbeit beendet hatte, erwartungsvoll an. Es war jetzt halb zwei.

»Frühestens halb zwölf.«

»Halb zehn?«

»Elf!«

»Halb elf?«

»Gut, halb elf.«

Verena nickte.

Verena und Benno machten sich auf zum Pfalzgrafenweg, zur Witwe des Toten, der sich als Professor Dr. Rüdiger Augenthaler entpuppt hatte, denn mittlerweile hatte man seinen Ausweis in der Nähe des Wagens gefunden.

»Es wird hoffentlich nicht zur Gewohnheit, dass wir zu vorgerückter Stunde den Witwen dahingemeuchelter Herren Hiobsbotschaften überbringen müssen«, sagte Benno und folgte Verena seufzend zum Wagen. Verena hatte Stein, Benno Schere, also setzte Verena sich ans Steuer.

»Wenn der Professor dort droben das gemacht hat, was alle dort machen«, sagte Verena kopfschüttelnd, während sie im Schritt-Tempo nach dem richtigen Straßenschild suchte, »dann ist das ganz schön abgebrüht von ihm. Ich meine, so nah am eigenen Haus.«

Der Pfalzgrafenweg lag auf halber Höhe der Achalm, einer attraktiven und teuren Wohngegend. Wie auf dem Georgenberg hatten auch hier ausschließlich wohlhabende Reutlinger ihre Villen und Bungalows. Und auch die Villa der Augenthalers war von der Straße aus nicht zu sehen. Man gelangte über einen geschwungenen, von akkurat zurechtgestutzten Thujas gesäumten Weg hinunter zum Haus. Schon nach dem ersten Klingeln wurde geöffnet. Eine Frau in den Fünfzigern mit nachlässig zugebundenem Morgenmantel erschien. Ihre Augen waren unruhig, die Hände hielt sie vor dem Bauch gefaltet und rieb sie heftig aneinander. Sie roch nach Alkohol.

»Sie sind von der Polizei, nicht? Ist etwas mit meinem Mann? Er ist noch nicht nach Hause gekommen. Das hat er noch nie gemacht…«

Heftig weinend sank Frau Augenthaler auf die Knie, als Verena ihr gesagt hatte, was gesagt werden musste.

Als die Frau sich gefasst hatte, gingen sie ins Wohnzimmer. Durch das große Panoramafenster schaute Verena hinaus in die Dunkelheit. Bestimmt hat man bei Tag einen imposanten Ausblick über Reutlingen, das Gartentor, die Marienkirche, den Georgenberg am südlichen Ende der Stadt. Sicher konnte man auch das Kreiskrankenhaus am Fuße des Georgenbergs sehen, in dem der Professor gearbeitet hat, wie Frau Augenthaler inzwischen erzählt hatte. Seit 18 Jahren war er Chefarzt der Orthopädischen Klinik.

»Frau Augenthaler, ich muss Sie etwas fragen, das… nicht so einfach ist.«

Frau Augenthaler wirkte auf der wuchtigen Ledercouch klein und verloren. Die Kordel des Morgenmantels hatte sich gelöst und entblößte ihr Nachthemd, das im Dekolleté mit zahlreichen Spitzen und Schleifen versehen war. Es ließ den mächtigen Busen der Trägerin ahnen.

»Wir haben Ihren Mann oben am Berg bei den Obstwiesen gefunden. In seinem Auto«, begann Verena vorsichtig. »Alle Spuren im Wageninneren deuten daraufhin hin, dass eine Frau bei ihm war. Von ihr fehlt noch jede Spur. Wussten Sie, dass Ihr Mann…?«

Ohne zu antworten, stand Frau Augenthaler auf, ging zur Glasvitrine und holte eine Cognacflasche und drei Gläser heraus. Die Gläser stellte sie auf den Marmortisch und schenkte ein. In einem Zug leerte sie ihr Glas. Verena ließ ihres stehen. Ebenso Benno.

»Was sollen das für Spuren sein? Immerhin bin ich mit meinem Mann oft im Wagen gefahren. Und bin ich keine Frau?«

Fast wirkte sie triumphierend. Doch nur so lange, bis Benno fortfuhr:

»Tragen Sie Feinstrumpfhosen Größe 36?«

›Er muss eine sadistische Ader haben, warum hab' ich das bisher nicht bemerkt?‹, dachte Verena.

»Mein Assistent ...«, Verena schaute Benno streng an, »meint, dass die Spuren nicht von Ihnen sein können. Wir haben auch Haare im Wagen gefunden, die weder von der Länge noch von der Farbe her von Ihnen stammen können.«

»Tja, was soll ich sagen, Frau Kommissarin«, sagte Frau Augenthaler, »Rüdiger ... er hat es mit der Treue nie so ernst genommen. Ich habe ihm immer wieder verziehen, weil ich wusste, dass er mich liebt, dass er trotz dieser jungen Dinger letztendlich bei mir bleiben würde.«

Bennos rechte Augenbraue hob sich.

»Rüdiger hatte keine Ahnung, dass ich über seine Affären Bescheid gewusst habe. Warum auch? Es hätte doch nur unsere Ehe belastet.«

Bennos linke Augenbraue tat es der rechten gleich.

»Wir haben gut zusammengelebt. Er war ein guter Mann.«

Jetzt bildeten Bennos Augenbrauen in der Mitte eine Falte.

Frau Augenthaler füllte ihr Glas erneut.

»Um Ihre Frage zu beantworten, Frau Kommissarin, diese Frau war sicher nur eine von Rüdigers Flittchen. Mehr nicht.«

Ohne abzusetzen, trank sie auch dieses Glas leer und füllte es sofort wieder.

»Haben Sie Kinder?«, wollte Verena wissen.

»Wir haben einen Sohn. Aber er wohnt nicht mehr bei uns. Er verstand sich nicht mit seinem Vater. Peter hat die Ansichten und den ... Lebensstil seines Vaters verabscheut.«

Mit gewissen Koordinationsproblemen nahm Frau Augenthaler ihr Glas in die Hand und fuhr fort: »Er habe eine Frau wie mich überhaupt nicht verdient, hat er seinem Vater immer wieder gesagt. Und vor fünf Monaten ist Peter ausgezogen. Er studiert jetzt in Ulm.«

Das Glas stand nun geleert auf dem Tisch.

»Kannten Sie die … Frauen … Ihres Mannes? Wissen Sie, wer heute bei ihm gewesen sein könnte?«, fragte Verena.

»Nein. Es interessiert mich auch nicht.«

»Wann haben Sie Ihren Mann zuletzt gesehen?«

»Er kam für gewöhnlich so gegen acht aus der Klinik nach Hause. Manchmal ging er dann noch mal weg. Gestern ist er nach dem Vesper wieder gegangen. Das war ungefähr um neun.«

»Hat er gesagt, wo er hinwollte?«

»Nein. Er fahre noch eine Runde, hat er gesagt. Und wenn er das sagte, wusste ich Bescheid. Aber er kam immer vor Mitternacht zurück.«

»Und Sie waren den ganzen Abend allein zu Hause?«, wollte Benno wissen.

»Ja, und die halbe Nacht. Ich habe gewartet. Er ist ja immer vor Mitternacht nach Hause gekommen, wenn er abends … seine Runde fuhr.«

Sie leerte ein weiteres Glas in einem Zug und versuchte dann aufzustehen, was misslang.

»Sie müssen mich bitte entschuldigen, ich … ich habe jetzt keine Kraft mehr.«

»Erlauben Sie noch eine Frage, Frau Augenthaler. Wir müssen wissen, was Ihr Mann anhatte, als er das Haus verließ.«

Es fiel Frau Augenthaler sichtlich schwer, sich zu konzentrieren.

»Für seine *Runden* zog er sich immer bequem an«, Frau Augenthaler überlegte angestrengt, »… Cordhose, Hemd, Strickjacke und … Mantel … und … aber warum wollen Sie …« Dann fiel ihr Kopf auf die Rückenlehne der Couch. Verena und Benno weckten sie nicht.

10

Sie saß im Slip und BH auf ihrem Bett. Der schwarze Trainingsanzug und die schwarze Wollmütze mit den Sehschlitzen lagen ausgebreitet auf dem Boden. In der einen Hand hielt sie eine Zigarette, in der anderen einen mit Sekt gefüllten Plastikbecher.

›Hast du schon mit Deiner Frau gesprochen, Liebling?‹. Sie lachte schallend, bis ihr erschrocken einfiel, dass Frau Schäubele aufwachen könnte.

›Du musst doch wissen, du dummes Ding, dass auf keinen Mann Verlass ist, dass sie alle Scheißkerle sind, dass keiner, keiner auch nur ein Versprechen halten kann, geschweige denn etwas taugt‹

Und dieser hier schien nicht mal Stil zu haben. Warum sonst hatte er die Unverfrorenheit, sich in ausgebeulten Cordhosen mit einer Dame zu treffen. Sie betrachtete das Teil, das schlaff an einem der Nägel an der Wand herabhing. Der Ärger darüber, dass sie auch bei Professor Augenthaler kein Bargeld gefunden hatte, war mittlerweile verraucht. Die fast volle Schachtel Zigaretten in der Brusttasche seiner Strickjacke hatte sie ein wenig versöhnt.

Sie trank ihren Becher in einem Zug leer.

Das Elektroschockgerät und das Messer lagen auf dem schiefen Hocker neben ihrem Bett. Sie goss Sekt nach und prostete den Utensilien zu. Dann beugte sie sich über ihr Schreibheft.

11

»Kinder, Kinder. Noch ein Mord. Wo sind wir denn? In Italien?«

In seiner unverwechselbaren Art hatte Dr. Meininger Verenas und Bennos Büro betreten, indem er zuerst den Kopf hereinstreckte, um zu sehen, ob jemand da wäre. Bei dieser Gelegenheit löste sich stets eine Strähne aus seinem dichten Haar und fiel in die Stirn.

Heute war er ungewohnt heftig. Der Staatsanwalt hatte ihn in aller Herrgottsfrühe angerufen und ihm zu verstehen gegeben, dass er bald Ergebnisse sehen wollte.

Verena saß im Jeansmantel frierend am Schreibtisch.

»Wussten Sie, dass in bestimmten Ländern Schlafentzug als Foltermethode angewandt wird?«, sagte sie.

»Hm, nein.«

»Im alten Kaiserreich China beispielsweise wurden Schwerverbrecher systematisch zu Tode … schlafentzogen – wenn man so will.«

»Verstehe.«

»Ratten sind nach 28 Tagen Schlafentzug tot. Und ich fühl mich auch schon ganz schwach.«

»So weit wollen wir es aber nicht kommen lassen«, sagte Dr. Meininger und verließ den Raum. Mit einer Thermoskanne und drei Kaffeetassen kam er zurück.

»Gibt's Parallelen zum Fall Smyrnak?«, fragte er, während er die Tassen füllte.

»Ja. Auch der Professor war nackt – bis auf die Socken. Und er wurde ebenfalls erstochen. In die Halsschlagader. Die Kleider fehlen. Nur der Ausweis wurde gefunden.«

Während Verena berichtete, hatte sie ihren Mantel ausgezogen und über ihren Stuhl geworfen.

»Vom Opfer wissen wir so viel, dass es sich um Professor Rüdiger Augenthaler handelt, Chefarzt in der Orthopädie im Kreiskrankenhaus. Und die anonyme Anruferin muss wohl die Frau sein, die bei ihm im Auto war«, vervollständigte Benno. Sein zum olivgrünen Jackett passender Mantel hing ordentlich auf einem Bügel im Schrank.

»Professor Augenthaler. So, so.« Dr. Meininger schüttelte den Kopf. »So viel ich weiß, ist er verheiratet.«

»Tja, Chef, wie's aussieht, haben er und die Unbekannte, bevor sie gestört wurden, tja, wie soll ich sagen, also auf jeden Fall deuten alle Spuren darauf hin. Von *ihr* haben wir auch die DNA«, antwortete Benno.

»Hat man einen zweiten Wagen gefunden?«

Benno verneinte.

»Dann sind sie in einem Wagen zum …«, Dr. Meininger räusperte sich, »… Treffpunkt gefahren.«

»Oder die Frau ist mit dem eigenen Wagen gekommen und mit diesem geflüchtet. Oder sie hat den Parkplatz aus einem anderen Grund verlassen, bevor der Mörder gekommen ist. Vielleicht ist sie auch mit dem Taxi gekommen? Wir werden sämtliche Taxifahrer in Reutlingen befragen.«

»Übrigens, Kinder«, sagte Dr. Meininger nach einer Weile, während derer nur leises Schlürfen zu hören gewesen war. »Die Kollegen von der Wirtschaft haben in den Büchern von Smyrnak Interessantes entdeckt. Seine Geschäfte waren alles andere als koscher. Es scheinen an ranghohe Beamte der Bauabteilung der Stadt Schmiergelder geflossen zu sein. Brisant, sag' ich Euch. Sehr brisant. Den Bericht haben wir morgen. Außerdem habe ich veranlasst, dass auch die Unterlagen der Stadtverwaltung überprüft werden.«

Dann gingen sie gemeinsam ins Besprechungszimmer, wo Willsch und Wagner bereits saßen und auf Instruktionen warteten.

12

»Verflucht. Jetzt kommt er schon wieder von der Seite *und* von unten. Das ist das schlimmste. Wenn er wenigstens nur von vorne kommen würde, aber nein, von der Seite *und* von unten.«

Benno war mürrisch. Er hasste den Wind, der die Frisur, für die er morgens viel Zeit und Mühe investierte, zunichte machte.

Da Verena, soweit es machbar war, kürzere Strecken zu Fuß zurücklegte, weil sie Spaziergänge durch ihre Stadt liebte, waren sie und Benno zu Fuß unterwegs zum Kreiskrankenhaus. Gerade hatten sie die Echazstraße überquert, gleich würde der kleine Anstieg der Steinenbergstraße beginnen.

»Was meinst du?« Verena sah ihn verständnislos an.

»Warum haben wir nicht Ihr Auto genommen? Und schau'n Sie mal nach oben, gleich regnet's. Ich werd' verwüstet, nur weil Sie nicht auf Ihre Spaziergänge verzichten wollen. Wofür hat man denn ein Auto?«

»Er ist nicht mehr der Jüngste, wie du weißt. Da will jeder Kilometer gut überlegt sein. Außerdem hattest du Brunnen und ich Blatt. Das war also nur fair. Und Regen macht dazu noch schön und die Haare weich. Sie fallen dann viel natürlicher.«

Benno fasste sich ins Haar und fühlte die Konsistenz.

»Ich hoffe nur, du hast heute das wasserfeste Make-up genommen.«

Bennos Hand wanderte von den Haaren ins Gesicht. »Aber für dein Rouge sehe ich schwarz.«

Stirnrunzelnd betrachtete sie Benno von der Seite. Dann lachten beide.

*

In dem schmalen Flur drängten sich unzählige Patienten mit den verschiedensten Gebrechen. Da nicht genügend Stühle vorhanden waren, standen die meisten oder gingen umher. Verena zählte neun eingegipste Gliedmaßen, vier Halskrausen, drei Rollstühle und zehn Krücken. Es herrschte ungeduldiges Schweigen. Grelles Licht kam von den Neonröhren an der Decke. Verena und Benno schlängelten sich durch die Wartenden hindurch. Auf einem der wenigen Stühle saß ein junger Mann, in dessen Armen von der Schulter bis zu den Handgelenken lange Nägel staken, die untereinander mit einer Stahlkonstruktion verbunden waren. Für einen kurzen Moment begegnete Verena seinem Blick. Es war der Blick eines Mannes, der gelernt hatte, eine juckende Nase zu ertragen, ohne sich kratzen zu können, der beim Ringen um die Fernbedienung plötzlich der Unterlegene war und für den der Griff nach dem Toilettenpapier nicht mehr selbstverständlich war.

Dann standen sie vor dem Büro von Professor Augenthaler.

Sekretariat Professor Augenthaler, Frau Angenend, stand an der Tür. Aber noch bevor Verena anklopfen konnte, ging ruckartig die Tür auf. Eine kleine Frau mit dichtem kurzem Haar kam heraus, trat – ohne auf Verena und Benno zu achten – energisch auf den Flur hinaus und rief mit lauter Stimme: »Frau Korniuk!«

Sie sah sich um. Es musste sich doch jemand angesprochen fühlen, verdammt noch mal.

»Frau K o r n i u k, *bitte!*«

Direkt vor ihr erhob sich eine alte, gebrechlich wirkende Frau. Um den Hals hatte sie eine Manschette, die ihren kleinen Kopf fast gänzlich verschluckte.

»Sie missen schon äntschuldjen, Frreilein, aberr ich häärre nich mährr so jut«, sagte Frau Korniuk. Frau Angenend rang um Fassung, nahm die Frau an der Hand und zog sie in ihr Büro. Die Tür schloss sich wieder. Verena und Benno sahen sich verdutzt an. Nach kurzer Zeit kam Frau Korniuk wieder heraus und ging mit kleinen Tippelschritten dem Ausgang zu. In der Hand hielt sie einen Zettel, auf dem vermutlich ihr neuer Termin stand. Frau Angenend rief nun einen anderen Namen, auf den ein Mann mit bis auf Kniehöhe eingegipstem Bein reagierte. Aber noch bevor sie mit diesem in ihrem Büro verschwinden konnte, baute sich Verena direkt vor Frau Angenend auf, hielt ihr ihren Dienstausweis hin und sagte: »Kripo Reutlingen. Wir müssen dringend mit Ihnen sprechen.«

Atemlos hielt Frau Angenend inne, schaute gehetzt auf Verenas Dienstausweis, dann ließ sie die beiden widerwillig eintreten.

»Polizei? Was ... was kann ich für Sie tun?«

»Professor Augenthaler ist Ihr Chef?«

»Ja ... richtig.«

»Er ist heute Nacht tot aufgefunden worden«, sagte Verena. »Es tut uns Leid, Frau Angenend.«

Kreidebleich ging Frau Angenend an ihren Schreibtisch und ließ sich auf ihren Stuhl fallen, während es an der Tür klopfte, zuerst zaghaft, dann fordernder. Dann trat ein älterer Herr mit Gehhilfen ein.

»Ich wart' jetzt schon den halben Morgen da draußen. Wann geht's denn endlich los? Hat der Professor heut was Bess'res zu tun?«

»Bitte gedulden Sie sich noch einen Augenblick.« Verena versuchte, den aufgebrachten Patienten zu beruhigen.

»Ich hab' heute um dreiviertel zehn einen Termin. Hier steht's auf meinem Zettel. Und passiert ist noch nichts.«

»Sie bekommen gleich Bescheid.« Damit schob sie den Mann sanft, aber bestimmt hinaus und schloss die Tür.

Jetzt wandte sie sich wieder an Frau Angenend: »Wann haben Sie den Professor zuletzt gesehen?«

»Tot?«, fragte die Frau, anstatt auf Verenas Frage zu antworten. »Was ist passiert?«

»Alle Anzeichen sprechen dafür, dass es sich um Mord handelt. Mehr können wir im Moment nicht sagen.«

»Gestern habe ich meinen Chef zuletzt gesehen.«

»War alles normal? Oder gab es etwas Besonderes?«

»Er hat wie gewohnt die Nachmittagssprechstunde abgehalten, danach – um halb fünf – war die Röntgenbesprechung mit seinen Assistenten – wie jeden Tag. Er hat sich dann von mir verabschiedet, bevor er auf seine Station gegangen ist. Dort macht er jeden Abend Visite.«

Frau Angenend schlug das Terminbuch auf, um nachzusehen, ob sie nichts vergessen hatte.

»Ach hier, um dreiviertel zwei war eine Besprechung mit der Verwaltungsleitung. Es ging um den Neubau hinten an den Parkplätzen und um die Verteilung der Räume. Ich habe ihm die Unterlagen vorher noch herausgelegt. Davor hat er sich mit dem Chefarzt der Unfallklinik zu einer Besprechung getroffen. Den Grund weiß ich nicht. Ich glaube, es ging um einen privaten Konsilpatienten. Er hätte es mir sicherlich heute erzählt. Und vormittags hat er operiert. Volles Programm, wie jeden Tag.«

»Die Unterlagen über den Neubau interessieren uns. Würden Sie uns bitte Kopien anfertigen?«

»Muss ich Ihnen Einsicht gewähren? Ich meine, haben Sie einen Beschluss?« Der Widerstand kam unvermittelt.

»Bei Mord dürfen wir fast alles«, antwortete Verena. »Geben Sie uns bitte die Unterlagen.«

»Wenn Sie darauf bestehen!« Unwillig erhob sich die Frau, ging an einen ihrer Schränke und nahm einen Stoß loser Blätter heraus, den sie auf ihrem Schreibtisch zu einem akkuraten Stapel zusammenstauchte. »Das sind Kopien des Vorgangs«, sagte sie, während sie die einzelnen Dokumente durchsah und beim Blättern vor jedem neuen Papier den rechten Zeigefinger befeuchtete. Dann hielt sie den Stapel mit gestreckten Armen Benno entgegen, der ihn mit sichtlicher Abneigung an sich nahm.

»Wenn Sie uns jetzt noch das Büro Ihres Chef zeigen könnten?«, sagte Verena in einem Ton, der jeglichen Ungehorsam im Keim erstickte.

Mit zusammengekniffenen Lippen führte Frau Angenend die beiden in das angrenzende Zimmer. Hier dominierten die Farben schwarz und weiß. In den Regalen bogen sich die Bretter unter der Last der Fachliteratur. Auf dem Schreibtisch stand ein mobiles Telefon in der Ladestation, ansonsten war er wie leergefegt.

»Der Professor scheint ein ordentlicher Mensch gewesen zu sein«, sagte Verena. Unwillkürlich musste sie an die Unordnung in ihrer eigenen Wohnung denken. Sie nahm das Telefon und drückte auf Wahlwiederholung, woraufhin der Apparat nebenan in Frau Angenends Büro klingelte.

»Tschuldigung, das war ich«, sagte sie, als Frau Angenend im Begriff war, in ihr Büro zu hasten, um ans Telefon zu gehen.

»Er konnte nichts herumliegen sehen«, kam Frau Angenend auf Verenas Bemerkung zurück. »Allerdings habe ich meistens hinter ihm hergeräumt. Um genau zu sein, bin *ich* es, die nichts herumliegen sehen kann. Ich bin sicher, dass es ihm manchmal auf die Nerven gegangen ist, obwohl er nie etwas gesagt hat.«

»Gab es in letzter Zeit irgend etwas Ungewöhnliches?«, fragte Benno.

»Was meinen Sie mit ungewöhnlich? Es war alles wie immer«, entgegnete Frau Angenend.

»Unzufriedene Patienten etwa? Oder einen Prozess? Gibt es Menschen, die Grund hätten, ihn zu hassen?«

»Er war ein hervorragender Arzt und Operateur. Nein, nein. In diese Richtung brauchen Sie gar nicht weiter zu denken.«

Zurück im Sekretariat klopfte es wieder an der Tür. Ein Patient im Rollstuhl versuchte, die Tür zu öffnen. Da diese aber nach außen aufging, war der Rollstuhlfahrer sich selbst im Weg.

»Geht's denn net bald los, Heidablitz?«, rief der Mann von draußen durch den schmalen Türspalt.

Genervt, aber gefasst trat Frau Angenend auf den Flur hinaus.

13

Im Büro war es stickig und heiß. Verena saß an ihrem Schreibtisch, der Bennos Schreibtisch in der Mitte des Zimmers gegenüberstand. Den Rollkragen ihres Pullovers hatte sie bis unters Kinn hochgezogen, die Arme fest an den Körper gepresst.

Verena las in den Papieren aus Professor Augenthalers Büro, das sie ebenfalls versiegelt hatten und in dem in diesem Augenblick die Kollegen von der Wirtschaft ihrer Arbeit nachgingen.

Als eine erste Schweißperle auf Bennos Stirn durch die Poren drang, stand er entschlossen auf, drehte die Heizung herunter und öffnete ein Fenster.

»Also wenn ich diesen Schriftwechsel richtig deute, dann haben die ganz schön gemauschelt. Der Professor wollte bestimmte Räume im Klinikneubau beziehen. Und rate mal, wessen Name hier noch auftaucht?«

»Smyrnak«, sagte Benno ungerührt.

»Richtig. Er hat von der Krankenhausverwaltung den Bauauftrag bekommen. Sag mal, warum wird's denn plötzlich so kalt hier drin?«

Jetzt erst sah Verena von ihren Akten auf und bemerkte das offene Fenster. Mit Verweis auf die Temperaturen draußen schloss sie es wieder.

»Ich möchte bloß wissen, wie es dem Professor gelungen ist, sich durchzusetzen. Hier auf dem Plan kann man es sehen. Für seine Ambulanz und die Operationsräume hat er den größten Trakt bekommen. Na ja, wir sind ja noch nicht durch. Hast du schon irgendwas Interessantes?«

»Bis jetzt nicht. Und interessant ist für mich im Augenblick bloß, wie Sie in der stickigen Luft klar denken können.«

»Ich hab' 'ne gute Idee, wie du dir Kühlung verschaffen kannst.«

»Ideen sind nicht über die sinnliche Wahrnehmung, sondern über das Denken zugänglich«, sagte Benno grinsend.

In diesem Moment streckte Dr. Meininger seinen Kopf herein.

»Hier wird Platon zitiert? Hier bleib' ich«, sagte er, nahm sich einen Stuhl und setzte sich an die Frontseite der beiden zusammengestellten Schreibtische.

»Um was für eine Idee handelt es sich?«, fragte er.

»*Pino*«, antwortete Verena, »Benno würde ein kleiner Spaziergang gut tun und mir eine Pizza.«

»Später, Kinder. Der Staatsanwalt sitzt mir gehörig im Nacken. Er möchte Ergebnisse sehen. Habt ihr schon was?«

»Vielleicht. Ich habe die Akten zwar noch nicht ganz durchgeackert. Aber was sich abzeichnet, ist, dass dieser Klinikneubau eine Rolle spielen könnte. Smyrnak hat den Auftrag für den Neubau bekommen. Es gibt ein Schreiben der Krankenhausverwaltung an den Professor, das besagt, dass der Leiter des Städtischen Bauamtes, ein Herr Bosch, Smyrnak den Zuschlag gegeben hat. Und der Professor hat den größten Trakt bekommen. Mir ist nur nicht klar, wie er das geschafft hat. Und warum die Morde? Hat da jemand Unregelmäßigkeiten gewittert? Sollten die Machenschaften durch die Morde verhindert werden?«

»Das ist doch mit Kanonen auf Spatzen geschossen«, entgegnete Dr. Meininger ungeduldig, »so was passiert täglich tausendfach.«

Er zog sein Jackett aus und sagte: »Mensch, habt ihr's warm hier«, und mit einem Seitenblick auf Benno: »Ist Ihnen nicht gut? Sie wirken etwas … überhitzt.«

Da stand Benno auf, zog seinen Mantel an und wartete stumm auf die Bestellungen.

»*Quattro Stagioni*«, sagte Verena und kramte in ihrer Hosentasche nach Geld.

»Ja, wenn das so ist, für mich *Speciale*«, sagte Dr. Meininger.

Grußlos verließ Benno das Büro.

»Er weiß übrigens noch nicht, dass wir um halb drei in der Pathologie verabredet sind.« Verena konnte sich ein Grinsen nicht verkneifen.

»Sie sind mir Eine.« Dr. Meininger drohte gespielt streng mit dem Zeigefinger. »Aber im Ernst, wie macht er sich? Er scheint mir noch etwas, wie soll ich sagen …«

»Unerfahren? Das stimmt. Seine Zeugnisse sind zwar hervorragend, aber in der Praxis muss er noch viel lernen.«

Nach einer halben Stunde kam Benno zurück, drei Pizzas balancierend.

Eine Weile herrschte nun Schweigen, bis Benno zwischen zwei Bissen sagte: »Wenn ich richtig aufgepasst habe, dann ist dieser Bauamtsleiter von der Stadtverwaltung, dieser Bosch, ein weiteres Mosaiksteinchen. Und zwei Menschen sind schon tot.« Fast wäre ihm ein Artischockenstück von der Pizza gefallen. Mit einer schnellen Gegenbewegung konnte er es gerade noch auf der Pizza halten.

Verena und Dr. Meininger hörten kurz auf zu kauen und schauten sich an.

»Nun mal langsam. Zunächst ist es ja nur eine Theorie. Und mir fehlt immer noch ein *echtes* Motiv. Trotzdem …« Dr. Meininger betupfte sich die Mundwinkel mit einer Papierserviette und legte sie in die Pizzaschachtel zu den dicken Teigrändern, die er übriggelassen hatte. »Trotzdem könnte man ruhig einmal die Amtsstube in Augenschein nehmen.«

»Gleich nach der Gerichtsmedizin werden wir das tun, gell, Benno?«, sagte Verena.

Nun fiel doch ein Artischockenherz von der Pizza auf Bennos Hose.

14

›Gut, dass die Wintergrüns schon bespielbar sind‹, dachte er, als er auf dem Weg vom Parkplatz zum ersten Loch war. Die Mütze hatte er tief ins Gesicht gezogen und den Kragen seiner imprägnierten und gefütterten Jacke im Nacken hochgeschlagen, um sich vor dem Nieselregen zu schützen, der lautlos und stetig auf ihn niedersank. Seine Golftasche hatte er geschultert, denn Trollies waren im Winter verboten.

›Für den ersten Abschlag nehme ich das Eisen Sieben, das Gelände ist leicht abschüssig, und es sind keine hundertfünfzig Meter bis zum Grün.‹

Der Weg zur *Eins* führte ihn vorbei an Übungsbunkern, am Putting Green und an der Driving Range. An der kleinen Blockhütte mit der halboffenen Vorderseite, die den ersten Abschlag markierte, goss er sich aus seiner Thermoskanne, die er immer dabei hatte, einen Becher Darjeeling ein und trank in kleinen Schlucken.

Dann zog er den Handschuh an, plazierte das Tee an einer günstigen Stelle des Abschlages, legte einen gelben Golfball darauf, nahm das Eisen Sieben aus der Tasche, stellte sich in Position – die Füße etwa hüftbreit parallel zueinander, die Knie ganz leicht gebeugt, den Oberkörper etwas vornüber geneigt –, holte aus und vollführte einen typischen Golfschwung. Der Ball, exakt getroffen, schoss in hohem Bogen davon.

Die Füße des Spielers standen noch immer hüftbreit parallel zueinander, nur waren jetzt die Beine ineinander verschlungen, da der Oberkörper extrem nach links gedreht war. In dieser Haltung verfolgte er den Ball auf seinem Flug zum Grün, wo er knapp einen halben Meter rechts neben der Fahne zum Liegen kam.

›Toller Schlag! Beim nächsten Turnier werde ich mein Handicap deutlich verbessern‹, lobte er sich, reinigte die Schlagfläche des Schlägers mit einem Frotteetuch, das griffbereit an einem Karabinerhaken an der Golftasche hing, schulterte die Tasche und ging mit zufriedener Miene über das Fairway zum Grün. Das Einputten war nur noch Formsache. Der nicht mehr ganz junge, drahtig wirkende Mann machte sich nun auf den Weg zum zweiten Abschlag.

›Par fünf, langes Dogleg, ich nehme zuerst die dicke Berta und versuche die Tigerline bis zum Fairway. Wenn dem Ball nur nicht über dem Biotop die Luft ausgeht.‹

Ein Knacken riss ihn aus seinen Überlegungen. Er schaute sich um, sah aber nichts, was das Geräusch hätte verursacht haben können. Er ging weiter, vorbei an blattlosen Sträuchern und Bäumen, über vom Regen aufgeweichte Wege. Er liebte die Ruhe, die im Winter auf dem Golfplatz herrschte, und den Geruch nach Erde und regennassem Holz.

Später, an der Neun, misslang der Versuch erneut, die Tigerline zu nehmen, wie schon zuvor am zweiten Abschlag; der Ball landete in einem Teich. Der Mann blieb gelassen, dropte einen neuen Ball, jetzt einen schneeweißen, und versuchte einen neuen Schlag. Der Ball landete im tiefen Rough, von wo aus der Mann ihn mit dem Eisen Neun ins Fairway hinaus schlug. Vier Schläge später lag der Ball auf dem Grün, keine dreißig Zentimeter vor der Fahne.

Das Putten klappte leidlich, der Ball näherte sich dem Loch zwar entschlossen, blieb dann aber denkbar knapp davor liegen. Nach dem Einputten bückte der Mann sich, um den Ball aus dem Loch zu holen. Als er sich wieder aufrichtete, schaute er plötzlich in ein Gesicht, in *ihr* Gesicht. Aus heiterem Himmel war sie aufgetaucht. Er wunderte sich, wo sie so plötzlich hergekommen war, dann wunderte er sich, *warum* sie überhaupt da war. Und noch bevor er sich Gedanken darüber machen konnte, dass sie schwarz gekleidet war und was das Messer in ihrer Hand zu bedeuten hatte, wurde er durch einen Stromschlag niedergestreckt. Sekunden später stak das Messer in seinem Hals.

Und dann lag er – wie kurz zuvor sein Ball – tot an der Fahne.

15

Benno zog sich seinen Kaschmirschal enger um den Hals, während Dr. Schmalhans Smyrnak und Professor Augenthaler aus den Schubladen zog. Ein mit Eau de Toilette beträufeltes Taschentuch hatte Benno griffbereit in seiner Manteltasche.

Dann standen Verena und Benno vor den bleichen Überresten von Professor Augenthaler. Sein Bauch wölbte sich in die Höhe. Am großen Zeh hing ein Etikett.

»Hier sehen Sie die Einstichstelle am Hals«, sagte Dr. Schmalhans und deutete mit der Bleistiftspitze auf die entsprechende Stelle. »Der Stich wurde mit einer zehn Zentimeter breiten Messerklinge ausgeführt.«

Dann zeigte er auf den linken Oberschenkel: »Hier haben wir eine kaum erkennbare Hautrötung, vermutlich von einem Elektroschockgerät. Das hat zur Bewusstlosigkeit geführt. Tödlich war der Stich. Übrigens finden wir bei ihm genau dieselben Merkmale.« Dr. Schmalhans zeigte mit dem Kinn auf Smyrnak, der auf der Nachbarbahre lag. »Der Blutverlust war bei beiden immens.«

Verena vernahm neben sich ein dumpfes Grummeln. Sie sah zu Benno, der durch sein parfümiertes Taschentuch gesprochen hatte. Ein strenger Blick genügte, und Benno nahm das Tuch von Mund und Nase.

»Braucht man medizinische Kenntnisse, um die Stiche so zu setzen, dass das Opfer derart schnell verblutet?«, wiederholte er.

»Nein. Nur Entschlossenheit. Bei der Größe der Tatwaffe waren die Halsgefäße kaum zu verfehlen.«

»Haben Sie Spuren von Drogen gefunden? Oder Alkohol?«

»Nach ersten Analysen nicht. Aber wir sind noch nicht fertig.«

»Können Sie den Todeszeitpunkt exakt bestimmen?«, wollte Verena wissen.

»Ja, wenn man alle Kriterien mit einbezieht, Außentemperatur, Temperatur im Auto, Körpertemperatur …«, er unterbrach und ging zu seinem Schreibtisch, auf dem die Berichte lagen. Sein Oberkörper schien schneller am Ziel sein zu wollen als die Beine, und mit der Zeit hatte sich ein Rundrücken herausgebildet, was ihm zusammen mit der hageren Gestalt und der langen Nase etwas Geierhaftes verlieh, »… ich würde sagen um Mitternacht. Er hatte kurz vor seinem Tod Geschlechtsverkehr. Wir haben die DNA der Frau. Kopf- und Schamhaare und Scheidenflüssigkeit.«

»Ähm, … sollten wir uns nicht langsam um Bosch kümmern?« Benno sah demonstrativ auf die Uhr. Verena ignorierte ihn.

»Was haben Sie in seinem Magen gefunden?«, fragte sie den Doktor.

»Nun, da hätten wir einmal Reste von einem Käsekuchen. Dem Verdauungsstadium nach zu urteilen stammt der vom Nachmittag.«

Benno wurde blass.

»Später gab's Abendbrot. Er hat sich nicht lumpen lassen: Entenbrust, Möhrensoufflé und … natürlich Spätzle. Eine eigenwillige Kombination, zugegeben, aber was schmeckt schon ohne Spätzle?«

Dr. Schmalhans lächelte verständnisvoll.

Bennos Teint wechselte auf grün.

»Was können Sie uns zu *ihm* noch sagen?«, fragte Verena und trat an die Bahre heran, auf der Smyrnak lag.

»Dieselbe Vorgehensweise. Stich in den Hals, vorher Elektroschock. Die Hautrötung durch den Elektroschock findet sich allerdings am Unterarm. Ich vermute, dass sein Mörder ihm von Angesicht zu Angesicht gegenübergestanden hat und dann mit dem Gerät in der rechten Hand seinen linken Unterarm berührt hat.«

Während Dr. Schmalhans gesprochen hatte, war er zum Röntgenbildbetrachter gegangen und hatte ihn eingeschaltet.

»Können Sie anhand der Lokalisation der Hautrötung bestimmen, ob der Mörder kleiner oder größer war als Smyrnak?«, fragte Verena.

»Sicher«, antwortete er. »Er ist ungefähr einen halben Kopf kleiner.«

»Warum wissen Sie das so schnell?«

»Ich hab' die Situation mit meiner Assistentin nachgestellt. Es war nicht schwer«, ergänzte er. Verena nickte.

»Bei Herrn Smyrnak habe ich noch etwas anderes gefunden«, sprach er weiter und hängte ein Röntgenbild auf, das einen Schädel zeigte. »Hier!«, er zeigte mit einem Kugelschreiber auf eine helle Stelle in der Bildmitte.

»Möglicherweise ist der Mörder dem Tumor nur eine kurze Zeit zuvorgekommen. Die histologische Begutachtung hat ein Glioblastom ergeben. Ein bösartiger Tumor. Smyrnak muss schon die ersten Symptome verspürt haben.«

»Seine Frau hat nichts erwähnt«, sagte Verena, »auch seine Sekretärin nicht, oder?«, sagte sie und sah Benno an, der den Kopf schüttelte.

»Vermutlich hat er sich so verhalten wie die meisten seiner Geschlechtsgenossen«, fuhr Dr. Schmalhans fort. »Erste Beschwerden treten auf, man ignoriert sie, die Beschwerden nehmen zu, man will sie noch immer nicht wahrhaben, will sich nicht eingestehen, dass der eigene Körper schwach ist. Das ist so schwer wie eine Niederlage zu akzeptieren. Wir prüfen noch, ob er unter Medikamenten stand.«

Schmalhans schaltete den Röntgenbetrachter aus.

Verena schaute auf die Uhr. Benno fing ihren Blick auf und nickte erleichtert.

*

Zu Fuß machten sie sich auf den Weg in die Stadt. Als sie unter dem Tübinger Tor hindurchgingen, wurde Verena wie jedes Mal von Ehrfurcht ergriffen. Sie hatte Respekt vor alten Gemäuern, und das Tübinger Tor, einzig erhaltenes Haupttor der Stadtmauer, war mehr als 700 Jahre alt.

Wenig später betraten sie die Halle des Rathauses, Verena wie immer unter stillem Protest. Das Büro von Herrn Bosch lag im vierten Stock. Er war nicht da, und trotz hartnäckiger Überredungsversuche gelang es Verena zunächst nicht, seiner Sekretärin die Termine zu entlocken. Erst als Verena drohte, sie wegen Behinderung polizeilicher Ermittlungsarbeit zu belangen, verriet sie, wo Herr Bosch gerade war – oder besser: sein könnte. Zuerst habe er – und dabei schaute die Sekretärin mit ihren durch die dicken Brillengläser monströs wirkenden Augäpfeln auf ihre Armbanduhr – vor ungefähr zwei Stunden in der Krankenhausverwaltung einen Termin gehabt. Danach habe er vorgehabt, noch auf den Golfplatz zu gehen. Er könne also im Moment, bedenke man sein Handicap von nur 34, keinesfalls weiter als bei Loch Zwei sein. Bennos Frage nach der Handynummer beantwortete sie mit einem Schulterzucken.

Nun nahmen sie doch Verenas Käfer, der unweit in der Metzgerstraße stand. Und zwanzig Minuten später hatten sie den Golfplatz erreicht, der zwischen Altenburg und Oferdingen lag und dessen nördlichstes Loch, die Dreizehn, den obersten der Kirchentellinsfurter Baggerseen streifte und unter anderem den Blick auch auf die Kläranlage freigab. Es standen zwei Autos auf dem Parkplatz. Verena stellte ihren Käfer direkt daneben.

»Schreib' dir die Kennzeichen auf. Man weiß nie!«, sagte sie zu Benno. Sie schaute sich um. Wo um alles in der Welt war hier der Anfang? Links auf einer Anhöhe entdeckte sie das Clubhaus, eine aufwendig renovierte Fachwerkscheune.

»Du kommst doch aus vornehmem Hause, Benno, bring uns zum Anfang.«

»In meiner Familie spielt zwar niemand Golf, doch so viel ich weiß, fängt man mit Loch *Eins* an«, gab Benno grinsend zurück. Er wich Verenas Knuff aus, drehte sich einmal um die eigene Achse, hatte den ersten Abschlag ausgemacht und ging zielsicher darauf zu. Als Verena das Übungsgrün überqueren wollte, handelte sie sich von Benno eine Rüge ein. Ob sie denn nicht wüsste, dass man die Grüns nur mit Golfschuhen betreten dürfe. Überhaupt sei es untersagt, eine Golfanlage mit normalen Straßenschuhen zu begehen. Kein Golfer, und schon gar kein Greenkeeper, sähe das gerne.

Nichtsdestotrotz durchquerte Verena eine Anzahl Übungsbunker, was Benno mit Kopfschütteln quittierte. Dann kamen sie an ein Blockhaus, dessen Vorderseite halb offen war. Unweit davon war eine kleine Tafel angebracht, auf der eine verspielt geschwungene »1« zu lesen war.

»Sag mal, wie lang ist eigentlich so ein Golfplatz? Ich meine, wie viele Kilometer vom Anfang bis zum Ende?«, fragte Verena, während sie sich auf den Weg machten.

Benno zog einen Flyer aus seiner Jackentasche und schlug ihn auf.

»Hier sind wir gerade.« Benno zeigte mit dem Finger auf einen Punkt zwischen der Eins und der Zwei. »Hier ist die Achtzehn. Und dazwischen liegen zwölfeinhalb Kilometer.«

»Wo hast du das so schnell her?«, fragte Verena.

»Eine Frage der Organisation«, antwortete er. Dass der Flyer am Häuschen an der Eins herumgelegen hatte, verriet er nicht.

Dem Plan folgend liefen sie über verschieden hoch gemähte Wiesen, an Teichen und Tümpeln vorbei. An der Sieben trafen sie auf einen Mann, der mit ineinander verschlungenen Beinen einen Golfschläger in den Himmel streckte. Seine Miene verriet, dass er mit dem Schlag alles andere als zufrieden war.

»Wissen Sie nicht, dass Sie *damit* nicht über den Platz dürfen?«, rief der Mann, als Verena und Benno auf ihn zukamen. Mit seinem Schläger zeigte er auf ihre Schuhe.

»Sind Sie Herr Bosch?« fragte Verena keuchend.

»So ist es.« Er machte eine angedeutete Verbeugung. »Handicap 34, leider. Aber ich bin auf dem Weg der Besserung. Und mit wem habe ich das Vergnügen? Obwohl, von Vergnügen kann kaum die Rede sein.« Er schaute missbilligend auf Verenas und Bennos Schuhe.

»Verena Paul, Mordkommission, das ist mein Kollege Benno Andres. Wir müssen dringend mit Ihnen sprechen.«

»Wenn ich währenddessen mein Spiel fortsetzen darf«, antwortete Bosch. »Begleiten Sie mich einfach.«

»Es geht um die beiden Morde. Sicher haben Sie in der Zeitung davon gelesen.«

»Ja. Eine furchtbare Sache.«

»Kannten Sie die Mordopfer?«

Bosch schulterte seine Golftasche und ging mit strammen Schritten voraus. Verena und Benno hatten Mühe, ihm zu folgen.

»Kennen wäre zuviel gesagt. Von Berufs wegen schon kenne ich eine Menge Leute in Reutlingen.«

»Uns interessieren zwei.«

»Nun, was Professor Augenthaler betrifft, war ich ein paar Mal in seiner Sprechstunde. Und woher ich als Bauamtsleiter Herrn Smyrnak, den Inhaber der größten Immobilienfirma Reutlingens, kenne, diese Frage beantwortet sich von selbst.«

»*Wie* gut kannten sie Smyrnak?«

»Beruflich hatten wir häufiger Kontakt. Darüber hinaus waren wir höchstens ein, zwei Mal zusammen essen.«

»Smyrnak hat den Zuschlag für den Krankenhausneubau bekommen. Ich nehme an, von Ihnen beziehungsweise Ihrer Behörde. Hat es eigentlich eine Ausschreibung gegeben? Hatte Smyrnak das beste Angebot?«

»Anscheinend«, antwortete Bosch, während er sich auf seinen Schlag vorbereitete. Sie hatten die Acht erreicht, Bosch hatte die Tasche abgestellt und einen langen Schläger ausgepackt.

»Sie haben also Smyrnak den Zuschlag für den Klinikanbau gegeben. Professor Augenthaler seinerseits hatte großes Interesse daran, in den Neubau einziehen zu können, und hat es auch geschafft, die größten und schönsten Räume zu bekommen – wie auch immer.«

»Für die Raumverteilung war ich nicht zuständig. Das ist Sache der Klinik.«

»Wo waren Sie in der Nacht von Montag auf Dienstag, sagen wir zwischen zehn und zwölf?«

Herr Bosch hatte gerade zum Schlag angesetzt. Er hielt in der Bewegung inne und schaute Verena ungläubig an: »Diese Frage können Sie nicht ernst meinen.«

»Sehr ernst sogar.«

Bosch ließ den Schläger sinken.

»Meine Frau wird Ihnen bestätigen, dass ich den ganzen Abend und die ganze Nacht zu Hause war.« Er hielt kurz inne. »Jetzt möchten Sie sicher mein Alibi für den zweiten Mord. Wann war das gleich?«

»In der Nacht von Mittwoch auf Donnerstag, um Mitternacht.«

»Da war ich auch zu Hause bei meiner Frau.«

Verena kramte ihr Handy aus der Tasche und rief Wagner an, der den Auftrag bekam, Boschs Alibi zu überprüfen. Dann wählte sie die Nummer der Kollegen von der Wirtschaft, die sein Büro unter die Lupe nehmen sollten. Ein Durchsuchungsbefehl dürfte nach Lage der Dinge kein Problem sein. Bosch schien dies nicht zu beeindrucken, sein Abschlag war gelungen. Nach etwa hundert Metern hatten sie den Ball erreicht. Es fehlten noch ungefähr 30 Meter bis zum Grün. Bosch nahm ein kurzes Eisen aus seiner Tasche. Ausschweifend erklärte er, dass er mit dem Eisen Neun unter den Ball kommen wolle, der so im hohen Bogen auf dem Grün lande – mit möglichst kurzer Auslaufstrecke.

Tatsächlich flog der Ball zusammen mit einem Grasfetzen keine drei Meter weit.

»Ihr Aufschwung war zu steil, deshalb sind Sie zu weit *unter* den Ball geraten.«

Benno hatte es nur gut gemeint. Musste ihn Bosch gleich Klugscheißer nennen?

»Ich kann Ihnen versichern, dass alles mit rechten Dingen zugegangen ist. Was Sie hier vorbringen, sind doch nur Spekulationen, Frau Kommissarin. Dass Professor Augenthaler ein Interesse an schöneren und größeren Räumen hatte, ist doch nachvollziehbar. Und ich, tja mein Gott, ich habe Smyrnak die Baugenehmigung erteilt. Sicher. Aber ist das ein Verbrechen? Die Ausschreibung ist korrekt abgelaufen.«

»Ob das ein Verbrechen war, wird sich zeigen. Noch sammeln wir lediglich Informationen, Herr Bosch.«

Sie standen nun am Rande des Grüns.

»Könnte Ihrer Meinung nach jemand etwas gegen dieses Geschäft gehabt haben?«, fragte Verena.

Bosch überlegte kurz. »Die Grünen hatten seinerzeit, als die Sache noch in der Planungsphase war, Einspruch eingelegt. Sie hatten argumentiert, dass dort, wo der Anbau entstehen sollte, in einem Holunderbusch jedes Frühjahr ein Teichrohrdommelpärchen sein Nest baue und seine Jungen großziehe.«

Bosch stellte sich neben seinen Ball und machte ein paar Probeschwünge. »Sie sind grandios gescheitert«, sagte er, ohne die Schwünge zu unterbrechen. »So weit kommt's noch. Als nächstes muss man dann beim Bau neuer Straßen jede Nacktschnecke Reutlingens um Erlaubnis fragen.«

Herr Bosch beendete dieses Loch mit mäßigem Erfolg.

Dann ging er mit ruhigen Schritten dem 9. Abschlag entgegen, Verena und Benno im Schlepptau.

»Wie lange kennen Sie Professor Augenthaler schon?«, fragte Verena, als sie am 9. Abschlag standen und Herr Bosch sich für den nächsten Schlag vorbereitete. Da hielt er inne und schien nachzudenken.

»Vor zwölf Jahren war es. Er hat meine Frau an einem Bandscheibenvorfall operiert. Die Operation war ein Erfolg.«

»Da sind Sie ihm ja zu Dank verpflichtet, nicht?«, sagte Benno.

Herr Bosch tat entrüstet, ging ansonsten aber nicht auf Bennos Bemerkung ein, sondern vollführte seinen nächsten Abschlag. Der Ball landete ungefähr achtzig Meter vor dem Grün.

»Kennen Sie den Neffen von Smyrnak? André von Rottach?«, fragte Verena.

»Sicher kenn' ich den André. Er ist Mitglied im Club. Ein vielversprechendes Talent. Leider nur, was das Golfen angeht.«

»Wie meinen Sie das?«

»Sein Onkel hatte nicht viel Freude mit ihm. Sein geschäftliches Talent geht gegen Null. Keiner hat so recht verstanden, warum Smyrnak ihn in die Firma geholt hat. Aber warum fragen Sie?«

»Ich sagte es bereits, wir sammeln Informationen, Herr Bosch. War Smyrnak auch Mitglied im Club?«

»Wo denken Sie hin? Dafür hatte er keine Zeit. Rüdiger, äh, Professor Augenthaler übrigens auch nicht. Ihm lag das Tennisspielen mehr.«

Ein Handy klingelte. Es war Bennos. Er ging einige Schritte voraus, was Bosch erboste. »Sie dürfen auf dem Platz niemals dem Spieler vorausgehen«, rief er Benno nach. »Und schon gar nicht dem Ball.« Benno hatte gerade den Golfball überholt. Doch Benno winkte ab und ging weiter. Als er dann sein Handy in die Brusttasche zurücksteckte und aufblickte, sah er den Mann weiter oben mitten auf dem Grün liegen. Direkt an der Fahne.

»Wissen Sie, wer das ist?«, fragte Verena wenig später Herrn Bosch, als sie zu dritt um den Toten herumstanden. Sein Blut hatte bereits weite Teile des Grüns rot eingefärbt.

»Ja. Das ist unser Clubpräsident, Dr. von Aue. Ein exzellenter Golfer, Handicap 7.«

Und Herr Bosch nahm pietätvoll seine Mütze ab.

16

Verena lag in ihrer etwas zu kurzen Badewanne. Ein entspanntes Ausstrecken war bei ihrer Körpergröße von Einsachtundsiebzig nicht möglich. Sie hatte die Wahl zwischen Knie oder Schultern aus dem Wasser. Im Moment ragten die Knie heraus.

›*Anna come sono tante, Anna permalosa*‹, sang Lucio Dalla. Verena sang leise mit. Sie kannte den Text auswendig, obwohl sie nur wenige Worte verstand.

Dann dachte sie an den toten Golfclubpräsidenten, der ihre Gedankenkonstruktion gekippt hatte. Er passte nicht in ihre Theorie. Es gab weder Verbindungen zum Professor noch zu Smyrnak. Einzig Bosch hatte ihn gekannt, privat, als Golfer. Und wohl auch André von Rottach. Verena ließ sich noch tiefer sinken, das Wasser reichte ihr jetzt bis knapp unter die Nasenlöcher, ihr Atem verursachte feine Wellen auf der Wasseroberfläche.

Der Mordhergang unterschied sich indes nicht von den anderen. Auch der Clubpräsident war mit einem Stromstoß außer Gefecht gesetzt worden. Danach war ihm die Halsschlagader durchtrennt worden. Die Befragung der wenigen Gäste im Clubhaus hatte nichts ergeben. Die Spurensicherung an der Neun hatte außer unzähligen Golfschuhabdrücken nichts gefunden, allerdings hatte es auch den ganzen Tag geregnet. Fundort war Tatort, soweit hatte sich Dr. Schmalhans festgelegt.

Das Clubhaus und die Büroräume des Präsidenten waren durchsucht und alle Geschäftsunterlagen in Kartons gepackt und ins Präsidium geschafft worden. Von den Gästen im Clubhaus war zu erfahren, dass Dr. von Aue geschieden war und keine Kinder hatte. Er habe ausschließlich für seinen Club gelebt. Bis zu seiner Pensionierung vor vier Jahren hatte er als Geschäftsführer einer großen Spedition gearbeitet.

Verena ließ etwas heißes Wasser nachlaufen. Sie wurde schläfrig. Benno fiel ihr ein. Was war das heute für ein Anruf, kurz bevor er den Toten entdeckt hatte? Verlegen war Benno gewesen. Sogar auf die Golfplatzetikette hatte er plötzlich gepfiffen. Was wusste sie eigentlich über sein Privatleben? Er wohnte im Laisen, in einem der vielen Hochhäuser. Man konnte vermuten, dass er sich so eine Art Anonymität wahren wollte. Verena hatte im Präsidium hier und da mitbekommen, was über ihn geredet wurde. Er sei bisweilen in nicht ganz unverfänglicher männlicher Begleitung gesehen worden. Verena versuchte es sich vorzustellen. Warum eigentlich nicht? Sie zuckte die völlig ins Wasser getauchten Schultern. Die so entstandenen Wellen kitzelte an ihrer Nase.

Das Telefon klingelte. Verena schaute auf die Uhr über dem Badezimmerspiegel, die zwei schlanke Segelboote als Uhrzeiger hatte. Es war halb elf.

»Verzeihung, dass ich störe, Chefin. Aber ich hab' was«, sagte Benno.

»Wo bist du?« Verena konnte es nicht fassen. Arbeitete Benno am Ende noch?

»Im Büro. Die Unterlagen vom Clubpräsident liegen hier vor

mir. Ich hab' grade seinen Terminkalender durchgesehen. Sie werden es nicht glauben, aber da sind Einträge drin.«

»Ach ne.«

»Regelmäßige Einträge.«

Benno legte eine Kunstpause ein.

»Bis vor drei Wochen. Dann nicht mehr.«

Verena wurde hellhörig, ließ sich aber nichts anmerken. Sie spielte mit einem Schaumbläschen und wartete, dass Benno weitersprach. Durch ihr Atmen hob und senkte sich der Wasserspiegel.

›*Marco dentro a un bar, non sa cosa fará*‹, sang Lucio.

»Wie bei den anderen«, fuhr Benno fort.

»Lass mich raten. Diana?«

»Nicht ganz.«

»Nun sag schon, zum Kuckuck noch eins.«

»Er nannte sie auch ab und zu Di. Wie die Lady.«

»Wie weit gehen die Termine zurück?«

»Das ganze Jahr. Vom letzten Jahr wurde leider kein Terminbuch gefunden.«

»Schau doch mal nach, Benno, wann bei Smyrnak jeweils die letzten Termine eingetragen sind. Und ob es Parallelen gibt. Und Benno, haben wir eigentlich ein Terminbuch vom Professor? Hab' ich total vergessen. Mensch, wenn er auch diese Diana oder Di oder was auch immer notiert hat!«

»Seine Sekretärin hat uns keins gegeben. In seinem Haus war auch nichts. Ich ruf' gleich zurück.« Benno hängte ein.

Nach gut zwei Minuten klingelte das Telefon erneut. Verena hob ab.

»Du hast eine große Karriere vor dir, wenn du weiter in diesem Tempo arbeitest, Benno.«

»Hallo, Kind. Stör' ich? Und wer ist Benno?«

»Nein, Mama, du störst ... nicht direkt. Benno ist ein Kollege, und er wollte mich zurückrufen. Wir arbeiten an einem Fall.«

»Ich wollte nur hören, wie es dir geht und was die Arbeit macht? Du glaubst gar nicht, wie froh ich bin, dass aus dir etwas geworden ist.«

»Der Fall macht uns Kopfzerbrechen. Aber mir geht's gut.«

Verena wartete ab, ob ihre Mutter den Grund ihres Anrufs nannte. Als sie schwieg, sagte Verena: »Aber deshalb hast du doch nicht angerufen?«

»Es geht…«

Die Mutter zögerte, bevor sie weiter sprach.

»Es geht um… deinen Vater. – Ich habe ihn noch am Abend zur Rede gestellt. Und er hat es sofort zugegeben, ohne Ausflüchte. Das gehe schon seit anderthalb Jahren. Ich… ich war völlig fertig. Ich glaube, ich bin ausgeflippt. Ich habe ihn ziemlich übel beschimpft. Mir sind einfach die Nerven durchgegangen. Und dann ist er… gegangen.«

»Und nicht wiedergekommen?«

»Nein. Er ist sicher bei ihr.«

»Und wie geht's dir jetzt?«

»Frag' nicht…« Sie brach ab. Verena hörte ein leises Schluchzen. Nach einigen Momenten sprach die Frau weiter: »Aber endlich ist Klarheit. Und heute Morgen habe ich mich – wie du gesagt hast – an der Volkshochschule angemeldet. Japanische Seidenblumen.«

»Ich bin stolz auf dich«, sagte Verena, obwohl sie nicht sicher war, ob japanischen Seidenblumen für ihre Mutter das Richtige waren.

»Aber er fehlt mir. Ihn bei ihr zu wissen…«

Und dann brachen doch alle Dämme. Verena wartete, bis sich ihre Mutter beruhigt hatte.

»Jetzt schau nach vorne. Du hast dich lange genug demütigen lassen. Er hatte schon längst kein Interesse mehr an eurer Ehe. Du warst doch nur noch seine kostenlose Haushälterin.«

»Sprich nicht so über deinen Vater!«

Verena versuchte, zwei Schaumbläschen durch Betätigung ihrer Bauchmuskulatur übers Wasser zu treiben. Dass ihre Mutter diesen Kerl immer noch verteidigte, auch jetzt noch, wunderte sie nicht. So war es immer schon gewesen. Die Schaumbläschen rührten sich nicht von der Stelle.

»Nächste Woche will er seine Sachen holen. Er hat es über Hannemanns ausrichten lassen. Du kennst doch noch Hannemanns?«

»Ja, sie waren oft genug zu Besuch.«

Verena erinnerte sich an die langweiligen Sonntage mit den Hannemanns. Sie und ihre Schwester hatten in der Küche oder im Kinderzimmer bleiben müssen, damit sie nicht störten. Nicht mal zum Essen hatten sie sich zu den Großen an den Tisch setzen dürfen. Und auf die Straße durften sie auch nicht, sie hätten sich ja schmutzig machen können. Diese Sonntage hatte Verena in keiner guten Erinnerung.

»Warum er Hannemanns da mit reingezogen hat?«, sagte Verenas Mutter. »Wahrscheinlich will er nicht mehr mit mir sprechen, weil ich ihn so beschimpft habe.«

»Quatsch! Feige ist er. Er geht den Weg des geringsten Widerstandes.«

»Ach Kind, es ist ... so schwer. Und hier ist niemand ..., ich meine ...«

Verenas Badewasser wurde langsam kalt.

»Ich weiß, du bist allein, ... im Moment. Aber das wird nicht so bleiben, du darfst dich jetzt nur nicht vergraben.«

Verena hatte ein schlechtes Gewissen und wusste nicht so recht, warum.

»Ich will dich auch nicht länger stören. Hast du nicht gesagt, dass du auf einen Rückruf von ... Benno wartest? Gut' Nacht Kind, ich meld' mich wieder.«

Die Frau hängte ein.

Verena war baff. Manchmal konnte ihre Mutter sie doch noch verblüffen.

Verena ließ heißes Wasser nachlaufen.

Das Telefon läutete wieder.

»Passen Sie auf, Chefin«, sagte Benno ohne Einleitung. »Im Terminbuch von Smyrnak steht der letzte Eintrag Diana exakt drei Wochen vor seinem Tod, und beim Clubpräsident dreieinhalb.«

Verena bekam eine Gänsehaut, nicht nur vom heißen Wasser, das gerade ihr Badewasser aufwärmte.

»Und morgen fahren wir nach Stuttgart. Kleiner Ausflug in die Erotikszene«, fügte Benno süffisant hinzu.

»Wie das?«

»Ich hab' ne Visitenkarte von einem *Club 99* in Stuttgart gefunden. Sie war gut versteckt in seinem Schreibtisch. Aber nicht gut genug.«

»Excellente Arbeit, Benno, also fahren wir morgen früh nach Stuttgart.«

Und ich werde inzwischen mein Büro in meine Badewanne verlegen, dachte Verena.

17

Gemächlich schlenderte sie über die Wilhelmstraße. Sie hatte es nicht eilig. Sie schaute sich die Schaufenster der kleinen Geschäfte in den schmucken Fachwerkhäusern an, die sie alle längst kannte. Ab und an betrachtete sie sich in einer der großen Glasscheiben, eine hochgewachsene, schlanke Gestalt mit einem hübschen Gesicht und dunklen kurzgeschnittenen Haaren. Ihrer langen Mähne, von der sie sich hatte trennen müssen, trauerte sie noch nach.

Im Café Sommer setzte sie sich an einen Tisch am Fenster. Die Kellnerin in schwarzem Rock und weißer Bluse kam, und sie bestellte einen Capuccino. Ohne die Bedienung weiter zu beachten, zündete sie sich eine Zigarette an, lehnte sich zurück und zog ihr Schreibheft aus der Handtasche. Sie fixierte den ersten Namen auf der Liste, der noch nicht durchgestrichen war, und nickte kaum merklich. Sie war zufrieden. Rache ist zu süß. Ihr fiel ein Zitat aus dem Deutschunterricht ein, einer Zeit, die Lichtjahre zurückzuliegen schien: ›*Die Rachegötter schaffen im Stillen.*‹ An den Urheber dieser Zeile erinnerte sie sich nicht, sie hatte aber Schiller in Verdacht.

Ja, sie würde weiter im Stillen schaffen. Niemand würde ihr je auf die Schliche kommen. Und sie würde weiterhin unverhofft zuschlagen. Bis es erledigt war.

Nachdem sie den Capuccino ausgetrunken und bezahlt hatte, machte sie sich auf den Weg in die nächstgelegene Drogerie, um sich Blondiercreme zu kaufen. Sie wollte so oft wie möglich ihr Äußeres ändern, in keinem Gedächtnis haften bleiben.

18 Vom oberen Teil der Weinsteige, einer abschüssigen und kurvenreichen Straße, die von Stuttgart-Degerloch in die Innenstadt führt, hat man einen erhabenen Blick in den »Kessel« der Stuttgarter Innenstadt. Die Straßenbahn durchschneidet die breite Straße der Länge nach, und ab und zu verschwindet sie in einem Tunnel, um nach wenigen Augenblicken wieder aufzutauchen. Reste früherer Weinberge wechseln sich ab mit altehrwürdigen Herrenhäusern und flachen Bungalows. Je weiter man in die Stadt hinunterfährt, desto weniger nobel zeigt sie sich, und ganz unten angekommen, findet man sich in der Stuttgarter City wieder mit der Königstraße, einer breiten und schnurgeraden Einkaufstraße, sowie dem Schloss mit seinem weitläufigen Innenhof.

Der *Club 99* lag auf halber Höhe der Weinsteige, etwas abseits der Straße. Das phantasielose zweistöckige Gebäude aus den Fünfzigern war von Büschen und Bäumen fast zur Gänze zugewuchert und deshalb auf den ersten Blick schwer auszumachen. Nur mit Mühe waren die Ziffern 99 neben der Eingangstür zu erkennen.

Verena und Benno fanden einen freien Parkplatz direkt vor dem Haus. An der Haustür angekommen, suchte Verena vergebens nach der Klingel, bis Benno den schweren Eisenring, der ungefähr auf Brusthöhe an der massiven, mit einer kleinen Luke versehenen Eichentür hing, anhob und so ein surrendes Geräusch auslöste. Nach einer geraumen Weile wurde die Luke geöffnet.

»Sie wünschen?«, rief jemand. Man sah nur die Augen.

Es muss wohl an der Uhrzeit liegen, dass *diese* Frage gestellt wurde, dachte Verena, antwortete aber: »Kripo Reutlingen. Wir möchten … «

»Ausweise!«

Verena und Benno hielten ihre Ausweise hoch.

»Näher ran!«

Sie gehorchten.

Die Tür ging auf. Ein bulliger Türsteher erschien, wich aber nicht von der Stelle.

»Was liegt an?«, fragte er.

»Wir möchten den Geschäftsführer sprechen«, antwortete Verena.

»Sind Sie angemeldet?«

»Nein.«

Der Türsteher zögerte.

»Folgen Sie mir«, sagte er dann und setzte seinen massigen Körper in Bewegung. Verena und Benno folgten ihm über einen schmalen Flur, bis sie eine Treppe erreicht hatten, die mit einem roten Teppich ausgelegt war. Der Flur im ersten Stock war ebenso schmal, mit durchnumerierten Türen links und rechts. Vor einer der letzten Türen blieb er stehen. Er klopfte leise. Nach wenigen Augenblicken trat er ein und schloss die Tür hinter sich. Wenig später kam er wieder heraus und gab Verena und Benno mit einer Kopfbewegung zu verstehen, dass sie eintreten durften.

Eine sehr schlanke, fast schon dürre Frau kam ihnen entgegen, begrüßte sie mit kräftigem Händedruck und stellte sich als Frau Radkovic vor. Sie hatte die Fünfzig bereits überschritten. Ihr pechschwarzes Haar trug sie streng nach hinten gekämmt. Ihr Gesicht wirkte dadurch noch herber, die hohen Wangenknochen und die wachen hellen Augen unterstrichen diesen Zug.

»Hauptkommissarin Verena Paul, Kripo Reutlingen, mein Assistent Benno Andres. Wir haben ein paar Fragen an Sie.«

»Ich bin gespannt, wie ich der Kriminalpolizei aus Reutlingen helfen kann.« Die Frau sprach mit slawischem Akzent. Sie zeigte auf die dunkle Sitzgruppe in der Ecke des Büros.

»Ich komme am besten gleich zur Sache«, begann Verena, nachdem sie alle saßen. »Wir haben bei einem Toten die Visitenkarte Ihres Hauses gefunden. Der Mann wurde ermordet. Er heißt Dr. Enno von Aue. Er ist aus Reutlingen. Kennen Sie ihn?«

»Nie gehört, den Namen.« Die Antwort kam ohne Zögern.

»Und doch war er im Besitz Ihrer Visitenkarte.«

»Vielleicht hat ihm jemand unser Haus empfohlen? Wir haben einen guten Ruf. Vielleicht war er Kunde bei uns. Ich kann unmöglich alle unsere Kunden persönlich kennen.«

»Wie viele Frauen arbeiten für Sie?«

»Nun, wir haben eine gewisse Fluktuation, aber zurzeit sind es acht.«

»Wohnen sie alle hier im Haus?«

»Ein paar, ja, zur Zeit sind es fünf, die anderen haben eigene Wohnungen in der Stadt.«

»Ich möchte mit denen sprechen, die jetzt da sind. Ich brauche auch die Namen sämtlicher Frauen inklusive ihrer ... ähm ... Künstlernamen.« Verena fiel kein anderes Wort ein.

Benno konnte sich ein Grinsen nicht verkneifen.

»Man kann unser Geschäft ohne weiteres als Kunst bezeichnen. Die Kunst des Verführens. Diese Fähigkeit ist nicht jedem gegeben«, antwortete die Bordellchefin kühl. Sie stand auf und ging hinüber an ihren Schreibtisch, dann schrieb sie die Namen der Frauen auf, die zurzeit bei ihr arbeiteten. Der Name Diana war nicht dabei, kein Name fing mit D an.

»Im Laufe unserer Ermittlungen sind wir auf den Namen Diana beziehungsweise Di in den Terminbüchern der Opfer gestoßen.«

»*Der* Opfer?«, frage Frau Radkovic.

»Ja, Herr von Aue ist bereits das dritte Mordopfer innerhalb kürzester Zeit.«

»Das ist ja grauenvoll.«

»Kennen Sie eine Diana oder eine Di?«

»Nie gehört, Frau Kommissarin.«

»Ist Ihnen Professor Augenthaler ein Begriff, oder Peter Smyrnak? Beide aus Reutlingen.«

»Tut mir Leid, nein.«

»Führen Sie eine Kundenkartei?«

»Eine Kundenkartei? Wo denken Sie hin?«, entgegnete Frau Radkovic lächelnd. »Unsere Gäste möchten anonym bleiben. Und das dürfen sie auch.«

Frau Radkovic schaute verschwörerisch zu Benno hinüber, der mit stoischer Mine ihre Verbrüderungsversuche ignorierte.

Die Befragung der fünf anwesenden Prostituierten ergab nichts. Auch nicht die Überprüfung ihrer Personalien. Verena unternahm einen Versuch, Einsicht in die Personalakten zu bekommen, obwohl sie wusste, dass da ohne richterliche Anordnung nichts zu machen war. Frau Radkovic winkte ab. Sie war erstaunlich gut informiert über ihre Rechte. Dann kündigte Verena sich für den Abend an, um mit den drei Frauen zu sprechen, die jetzt nicht da gewesen waren.

*

»Dein Eindruck?« Verena sah zu Benno hinüber, richtete ihren Blick dann sofort wieder auf die Straße. Der Verkehr war dicht auf der B 27, auf der sie nach Reutlingen zurückfuhren.

»Viel hat's nicht gebracht. Ihre Antworten kamen schnell und waren nichtssagend«, antwortete Benno. »Vielleicht sollten wir sie vorladen, ein bisschen unter Druck setzen.«

»Nein, das hat keinen Sinn. Sie wird auf keinen Fall etwas tun oder sagen, was ihrem Etablissement schaden könnte. Aber vielleicht wissen die drei Frauen heute Abend mehr.«

Benno wurde etwas unruhig.

»Ähm, können Sie vielleicht allein …, ich hab' schon was vor.«

»Ausnahmsweise. Aber du weißt, die Arbeit geht vor. Wir haben drei Morde. Da muss das Privatleben zurückstehen.«

Verena überlegte, ob sie die Gerüchte, die im Präsidium kursierten, erwähnen sollte, ließ es aber.

*

Zurück im Büro gingen sie sämtliche Protokolle, die Willsch und Wagner mittlerweile angefertigt hatten, noch mal durch. Die Aussagen aller Zeugen, sämtliche überprüfte Alibis, alles lag ausgebreitet auf den beiden Schreibtischen zwischen Benno und Verena.

»Wir kommen nicht weiter. Es gibt kein vernünftiges Motiv. Dr. Meininger hat Recht, die Sache mit dem Krankenhausneubau ist zu trivial. Wir haben es mit Ritualmorden zu tun. Der Mörder möchte uns etwas mitteilen. Die nackten Opfer. Die hinterlegten Ausweise. Die Socken. Das alles bedeutet etwas.« Verena raufte sich die Haare. »Aber was bloß?«

»Haben Sie schon mal an die Möglichkeit gedacht, einen Profiler einzuschalten?«

»Ja, sicher. Aber ehrlich gesagt, versprech' ich mir im Moment nicht so viel davon. Die Lösung liegt vor uns auf dem Tisch.« Verena fuhr mit beiden Händen durch die Papiere, als ob sie

Kärtchen eines Memory-Spiels durchmischte. »Wir müssen sie nur sehen.«

Benno schaute auf den Papierwust, von dem er nicht wusste, wie er ihn je wieder sortiert bekommen sollte.

*

Um viertel vier nahm Verena ihren Mantel und verließ das Präsidium. Sie brauchte frische Luft. Und als sie auf dem Weg in die Stadt an der Urbanstraße und an ihrem Urbanbad vorbeikam, überlegte sie kurz und entschloss sich für einen Abstecher in *ihr* Bad. Sie ging nach Hause, packte ihre Badetasche und stand eine viertel Stunde später in der Kabine ganz am Ende des Umkleidebereiches. Sie zog den schwarzen Badeanzug an, der unvorteilhafte Pölsterchen kaschierte, und stülpte sich die orangefarbene Badekappe über den Kopf.

Wenig später betrat sie die Halle. Siebzehn Schritte von der Umkleidekabine zur Schwimmhalle.

Zu ihrem Ritual gehörte es, sich nicht gleich umzuschauen, sondern zuerst einen freien Liegestuhl zu suchen, das Handtuch darauf zu legen, eine Weißweinschorle zu holen, sich in den Liegestuhl zu legen und dann ganz allmählich den Blick durch die Schwimmhalle schweifen zu lassen. Das Hallenbad war erst vor wenigen Monaten renoviert worden. Grelle Neonröhren waren indirektem Licht gewichen. Palmen und andere Gewächse sorgten für mediterranes Ambiente. Verena hielt ihr Weinschorleglas in der Hand und schaute sich um. Für Freitagnachmittag waren wenige Leute da. Ein paar Kinder planschten im flachen Becken, das vom tiefen Bereich durch ein rot-weißes Seil abgetrennt war. Ein paar Mütter mit Spielzeug in den Händen standen um die Kinder herum, griffen aber nicht in das Spiel ein, sondern unterhielten sich angeregt. Ab und zu rief eine der Mütter den Namen ihres Kindes, ohne genau zu wissen, was sie sich davon versprach, denn auf den Spielverlauf hatte dieses Rufen keinen Einfluss. Väter waren nicht zu sehen. Falls vorhanden, vermutete Verena, schwammen sie im tiefen Wasser, oder sie lagen in den Liegestühlen, oder sie saßen an einem der wenigen Tische am Kiosk und tranken Bier. Ein paar ältere Frauen zogen ruhig ihre Bahnen. Sie reckten ihre Köpfe wie Schildkröten aus dem Wasser, um die Frisur nicht zu ruinieren. Auch ältere Männer schwammen so, hatte Verena beobachtet, obwohl sie auf ihre Frisuren keine Rücksicht zu nehmen brauchten.

Verena schaute auf die Uhr. Es war noch Zeit bis zu ihrem Treffen mit Frau Radkovic heute Abend. Sie trank ihre Schorle aus, stand auf und ließ sich ins Wasser gleiten.

Dann kam er ihr direkt entgegengeschwommen. Verenas Herz machte einen Sprung, als sie ihn erblickte. Er sah wieder verdammt gut aus mit seinem an den Schläfen bereits leicht ergrauten Haar. Verena schwamm ihre Bahn zu Ende und wendete, um ihm auf der nächsten Bahn wieder zu begegnen. Und bei jeder erneuten Begegnung sahen sie sich an, bis Verena aus dem Wasser stieg und zu ihrem Liegestuhl ging. Sie trocknete sich ausgiebig ab und legte sich dann auf den Liegestuhl. Das Spiel begann. Verena spürte die Aufregung, die ihr so gut tat. Er schwamm noch ein paar Bahnen und stieg ebenfalls aus dem Wasser. Dann stand Verena auf, wickelte sich das Handtuch um die Hüften und ging hinaus in den Umkleidebereich. Zielstrebig ging sie zu ihrer Kabine ganz am Ende des Traktes und ließ die Tür einen Spalt offen. Dann hörte sie sein Hüsteln, das sie als Erkennungszeichen verabredet hatten. Sie ließ ihn herein und schloss lautlos die Tür.

19

Verena wählte den gleichen Parkplatz wie heute Morgen, denn es waren auch jetzt alle Parkplätze direkt vor dem Club frei. Der Türsteher zeigte sich kooperativ und ließ sie sofort eintreten. In der Bar im Erdgeschoss herrschte Hochbetrieb. Im Dämmerlicht waren einzelne Gesichter kaum zu erkennen. Verena war der einzige weibliche Gast.

›Ich hätte die komplette Mannschaft vorladen sollen‹, dachte sie grimmig, denn die drei Frauen auszumachen, die ihr noch fehlten, schien schwierig zu werden, zumal alle anwesenden Damen beschäftigt waren. Verena zählte fünf.

Hinter der Bar stand eine der Frauen, die Verena vom Vormittag kannte. Davor saßen ein paar Herren, die auf etwas zu warten schienen.

»Sissi, Lilli und Ramona sind im Moment noch beschäftigt, Frau Paul. Darf ich Sie so lange auf einen Drink einladen?«

Verena drehte sich um, Frau Radkovic stand hinter ihr.

»Nein, danke! Stattdessen möchte ich Sie bitten, mir die drei Frauen *jetzt* zur Verfügung zu stellen. Und ich brauche einen ruhigen Raum.«

Verena wollte die Sache so schnell wie möglich hinter sich bringen.

Nach einer halben Stunde saß sie drei mehr oder weniger bekleideten Frauen im Büro der Bordellchefin gegenüber. Es waren ausgesprochen hübsche und sehr junge Frauen. Verena hatte die Ausweise geprüft. Es schien alles in Ordnung zu sein.

Verena bemerkte, wie Ramona sie unumwunden anstarrte. Mit ihr begann sie ihre Befragung. Sie nenne sich Ramona und arbeite als einzige schon seit mehreren Jahren in diesem Bordell. Nein, sie kenne keine Diana, auch keinen Professor Augenthaler, keinen Herrn Smyrnak, keinen Herrn von Aue. Sie kenne ihre Kunden, überhaupt die ganze Kundschaft, nicht beim Namen. Es gehe anonym zu in diesem Haus. Als Verena Fotos der drei Mordopfer auf den Tisch legte, schüttelten alle drei die Köpfe. Nur Ramona zögerte unmerklich.

Verena schickte Lilli und Sissi hinaus mit der Begründung, die drei einzeln befragen zu wollen und mit Ramona anfangen zu wollen.

»Bitte überlegen Sie nochmals genau«, sagte sie, als sie mit Ramona allein war. »Haben Sie nicht doch einen dieser Männer hier schon einmal gesehen?«

»Diskretion ist das A und O in unserem Gewerbe.«

»Hören Sie, die Männer sind tot. Ermordet«, Verena tippte mit dem Finger auf das Foto des Golfclubpräsidenten, »...und bei ihm haben wir die Visitenkarte dieses Etablissement hier gefunden.«

»Wenn wir anfangen, unsere Kunden preiszugeben, können wir bald zumachen«, sagte Ramona stereotyp. Mit einer weit ausholenden Bewegung warf sie ihr langes schwarzes Haar nach hinten.

Sie saß aufrecht auf der äußersten Sesselkante und hatte ihre makellosen Beine übereinandergeschlagen. Sie war stark geschminkt. In der grellen Bürobeleuchtung wirkte ihr Gesicht maskenhaft.

»Sie starren mich die ganze Zeit schon an. Warum?«, wollte Verena wissen.

Ramona sagte nichts.

Verena seufzte. Sie war müde. Sie stand auf und ging zum Fenster – drei Schritte. Ob die Zimmer der Mädchen auch so winzig waren? Und wenn schon. Kam sie selbst nicht geradewegs aus der Enge einer Umkleidekabine?

»Ich kann Sie in Beugehaft nehmen. Und ich werde nicht zögern, davon Gebrauch zu machen, wenn Sie nicht reden«, sagte Verena.

Dass nur ein Richter Beugehaft verhängen konnte, sagte sie nicht. Warum auch? Ramona schien beeindruckt. Sie hatte begonnen, eine Haarsträhne über ihrem rechten Ohr zu einer Schnecke zu drehen.

»Also gut«, sagte Ramona und veränderte ihre Sitzposition, indem sie ihre Beine nebeneinanderstellte und ihre Knie mit beiden Händen umfasste. »Alle drei waren Kunden bei uns.«

›Na endlich‹, dachte Verena. Sie ging zu ihrem Sessel zurück und setzte sich wieder.

»Wann waren sie zuletzt hier?«

»Schon länger nicht.«

»Wie lange nicht?«

»Paar Wochen? Weiß nicht genau. Es waren nicht meine Freier.«

»*Wessen* Freier waren sie?«

Ramona zögerte.

»WESSEN Freier?«

»Die von Diana.«

Verena atmete hörbar aus.

»Bis wann hat Diana hier gearbeitet?«

»Hab sie länger nicht mehr gesehen.«

»Wissen Sie, wo sie jetzt ist?«

»Keine Ahnung. Praktisch über Nacht war sie weg. Keiner hat sie mehr gesehen.«

»Hatte sie nur Kunden aus Reutlingen?«

»Weiß ich doch nicht. Ich weiß nur, dass Diana sich gerne die Reichen untern Nagel gerissen hat. Hat öfters Ärger gegeben.«

»Hatte sie noch mehr Freier aus Reutlingen, die jetzt noch leben?«

Ramona tat genervt. »Was Sie mich fragen. Weiß ich doch nicht. Wie stellen Sie sich das vor? Ich hab doch nicht die ganze Zeit aufgepasst, was die macht. Sie hatte ja auch noch Normale. Aber von den Bonzen hat sie sich immer besonders was versprochen.«

»Ich brauche eine genaue Beschreibung von ihr.« Verena holte ihr Notizbuch aus der Handtasche.

»Gut sieht sie aus. Lange braune Haare, und groß ist sie, fast einsachtzig. Sie hat ein bisschen Ähnlichkeit mit Ihnen«, Ramona schob sich einen Kaugummi in den Mund und kaute heftig, »aber schlanker, und vielleicht doch ein bisschen jünger.« Ramona machte eine kurze Pause, während sie eine neue Schnecke aufrollte und das Kaugummi mit der Zunge in die andere Backe schob. »Aber sie war älter, älter als wir anderen auf jeden Fall.«

»Ist Diana ihr richtiger Name?«

»Weiß nicht. Da müssen Sie schon die Chefin fragen. Kann ich jetzt gehen? Mein Kunde wartet. Wahrscheinlich ist sein Ding jetzt zusammengeschnorrt und sieht aus wie eine Dörrpflaume.«

20

Verena saß noch über der Vorspeise, einer dampfenden, mit scharf angebratenen Zwiebelwürfeln und frischem Peterling bestreuten Maultaschensuppe, während Benno auf die Vorspeise verzichtet hatte und auf den Hauptgang wartete: *Roschdbroda mit Knöpfle und Brockele.*

»Freut mich, dass du trotz deiner Verabredung Zeit hast«, sagte Verena und widmete sich einer Maultasche, die in ihrem Teller in der Brühe schwamm.

»Kein Problem«, sagte Benno knapp.

»Ist was dazwischengekommen?«

Verena sah ihren Assistenten an. Er machte kein glückliches Gesicht.

»Nicht direkt.«

Verena wartete noch einige Momente, während derer Benno beharrlich schwieg. Dann nahm sie die Serviette vom Schoß, legte sie neben den Teller, lehnte sich zurück und begann, von Ramonas Vernehmung zu erzählen.

Später kam die Kellnerin. »Sooo, da sind Ihre Kässchbätzle. Und für den jungen Mann ein Roschdbroda. Lassen Sie sich's schmecken«, sagte sie mit kräftiger Stimme und eilte zum nächsten Tisch.

»Und? Haben Sie was gefunden?«, nahm Benno den Faden wieder auf. Verena hatte erzählt, dass sie nach der Befragung der drei Mädchen den Aktenschrank in Frau Radkovics Büro durchsucht hatte.

»Ja, aber eine Personalakte Diana war nicht dabei. Aber wahrscheinlich ist sowieso alles gefälscht, auch die Geburtsjahre der Mädchen inklusive ihrer Ausweise. Die sind alle erheblich jünger. Laut Akten ist keine von ihnen jünger als 19. Dass ich nicht lache. Meiner Meinung nach sind das ›Vorzeigeakten‹, die richtigen sind wo anders versteckt. Wir brauchen einen Durchsuchungsbefehl für das Bordell und für die Privatwohnung der Clubchefin. Außerdem werde ich morgen diese Ramona vorladen und ein Phantombild anfertigen lassen. Aber jetzt hab' ich Hunger.« Und Verena wandte sich ihren Kässpätzle zu.

21

»Man kann es drehen und wenden, wie man will, aber Dr. von Aue passt nicht in unsere ursprüngliche Theorie.«

Verena stand auf und ging ein paar Schritte, wobei sie ihre verspannte Muskulatur streckte, die schmerzte, als hätte sie eine Woche lang Unkraut gejätet.

Obwohl heute Samstag war, hatte Dr. Meininger die Besprechung für acht Uhr anberaumt, und bis auf Dr. Meininger waren alle da. Als Schröder hereingekommen war, war Verena irritiert gewesen. Dr. Meininger habe ihn dazugebeten, hatte er erklärt, es könne nicht schaden, wenn jemand von der Sitte als Verstärkung dabei wäre.

»Wir müssen uns auf Diana konzentrieren«, fuhr Verena fort, da keiner etwas sagte. Es herrschte eine müde und zerschlagene Stimmung. Der einzige, der einigermaßen ausgeschlafen wirkte, war Wagner. Und Benno natürlich.

»Am Montag müssen sämtliche Einwohnermeldeämter im Umkreis abgeklappert werden. Das ist was für Sie.« Verena sah Wagner und Willsch an. »Ramona sitzt übrigens gerade beim Erkennungsdienst. Sie machen ein Phantombild.«

»Wie haben Sie das denn geschafft?«, fragte Schröder.

»Was geschafft?«, fragte Verena zurück.

»Das Mädchen so früh aus dem Bett zu bekommen?«

»Ich würd' sagen, natürliche Autorität«, gab Verena zurück und sah Schröder herausfordernd an.

Die Tür ging auf und Dr. Meininger kam herein.

»Tut mir Leid, Kinder, ging nicht früher.«

Er sah in die Runde. »Grüß Gott, Armin«, sagte er zu Schröder und zu Verena: »Ich habe ihn als Verstärkung aus der Sitte abgezogen. Kann ja nicht schaden.«

Verena nickte. Sie mochte Schröder nicht. Er war ihr zu distanzlos. Seine draufgängerische Art war ihr zuwider.

»Die Krankenhausgeschichte ist wohl endgültig raus, wie?«, sagte Dr. Meininger, nachdem er sich an seinen Platz gesetzt hatte.

»Ja, Chef. Das letzte Opfer passt nicht mehr in unsere Konstruktion.

Einziger gemeinsamer Nenner ist Diana, und natürlich der Tathergang. Alle drei Opfer waren Kunden in diesem *Club 99* und vermutlich Dianas Kunden. Meiner Meinung nach sollten wir vorrangig in diese Richtung ermitteln. Und vielleicht sollten wir Frau Radkovic doch vorladen, um sie ein bisschen unter Druck zu setzen.« Sie sah Benno an und nickte, es war ja ursprünglich sein Vorschlag gewesen. »Ich habe das Gefühl, sie hat längst nicht alles gesagt. Außerdem habe ich einen Durchsuchungsbefehl für den Club und ihre Privatwohnung beantragt.«

»Was könnten wir mehr von ihr erfahren als von Ramona?«, fragte Wagner. Er strich sich wieder unablässig über seinen Oberlippenbart.

»Zum Beispiel, woher Diana kam, wohin sie ging, wer sie ist, wie ihr wirklicher Name ist. Wie oft und wann genau sie sich mit den dreien getroffen hat. Ob es vielleicht auch private Verbindungen gab. Ramona hat angedeutet, dass manche Prostituierte sich über reiche Freier einen Ausstieg erhoffen.«

»Habt ihr eigentlich daran gedacht, in anderen Sexclubs nach ihr zu suchen? Naheliegend, nicht?«, sagte Dr. Meininger.

»Das kann Schröder erledigen. So kann er in seinem Metier bleiben«, gab Verena zurück. Sie warf einen kurzen Blick auf Schröder, der ihren Blick ruhig erwiderte.

»Übrigens gibt es Neuigkeiten aus dem Wirtschaftsdezernat«, fuhr Dr. Meininger fort. »Ich habe gestern Abend die Berichte bekommen. Ihr werdet es nicht glauben, aber die Ausschreibung für den Klinikanbau war *nicht* korrekt. Obwohl es für unseren Fall nicht mehr relevant zu sein scheint, hatten Sie den richtigen Riecher, Verena. Es gab mehrere Bewerber für die Ausschreibung. Fünf insgesamt. Und jetzt wird's interessant: Smyrnak hatte einen Maulwurf im Amt. Die Sekretärin eines Beamten. Den Namen hab' ich jetzt vergessen, steht aber im Bericht. Sie hat die fünf Umschläge unauffällig geöffnet, die Bewerbungen jeweils kopiert und die Umschläge wieder verschlossen. Und so hat Smyrnak das günstigste Angebot unterboten und den Zuschlag bekommen.«

Bei dem Wort Zuschlag hatte Dr. Meininger mit der rechten Faust in seine linke Handinnenfläche geschlagen.

»Wie hat denn unsere Wirtschaftsabteilung das so schnell rauskriegt?«, fragte Benno.

»Professionelle Verhörtaktik«, entgegnete Dr. Meininger, »das werden Sie auch noch lernen. Die Sekretärin scheint mental nicht so stabil zu sein. Jedenfalls kippte sie nach einer Stunde und hat alles gestanden.«

»Wie's aussieht, ist damit unser Golfgenie Bosch aus dem Schneider.« Verena rieb sich den schmerzenden Rücken. Fünfmal. Das brachte die beste Linderung.

»Was ist mit den Alibis, Verena? Hat Professor Augenthaler nicht einen Sohn, der in Ulm studiert? Was hat der in der fraglichen Nacht gemacht?«

»Die Kollegen in Ulm haben sich darum gekümmert. Der Filius hat – wie jeden Abend – eine Kneipentour durch das Fischerviertel unternommen und ist erst im Morgengrauen nach Hause gekommen. Er hat Zeugen, die seine Angaben bestätigt haben. Er hat also ein wasserfestes Alibi.« Das war Willsch gewesen, der zum ersten Mal an diesem Morgen gesprochen hatte.

Er fuhr fort: »Frau Augenthaler hat kein Alibi, sie sagt, sie sei den ganzen Abend und die ganze Nacht zu Hause gewesen. Keine Zeugen.«

»Das Alibi von Frau Smyrnak ist hieb- und stichfest«, ergänzte Benno. »Ich hab' übrigens in der bundesweiten Datei nach Parallelen gesucht. Entkleidete Opfer – bis auf die Socken, Elektroschock, Stich in den Hals. Ohne Ergebnis. Man könnte höchstens den Radius vergrößern und europaweit suchen.«

»Ein Serienkiller auf der Durchreise?«

Wagner hatte einen Witz machen wollen, doch keiner lachte.

»Lasst uns überlegen, wer alles ein Motiv hat, Kinder. Die Ehefrauen Smyrnak und Augenthaler hatten von den Bordellbesuchen ihrer Männer angeblich keine Ahnung. Frau Augenthaler hat zugegeben, von den Seitensprüngen ihres Mannes gewusst zu haben. Und das schon länger. Wenn das kein Motiv ist«, sagte Dr. Meininger.

»Sie hat die jungen Dinger, das waren ihre Worte, aber nicht als Bedrohung empfunden. Frau Augenthaler war sich sicher, dass ihr Mann bei ihr bleibt«, gab Benno zurück.

»Bei Frau Smyrnak gibt es noch eine Besonderheit. Sie hat ihren Neffen, diesen André von Rottach, in der Firma installiert. Obwohl er unfähig zu sein scheint, die Geschäfte adäquat zu führen. Fragt sich, mit welcher Absicht?«, sagte Verena. »Es könnte doch sein, dass sie sich ihres Mannes nach und nach entledigen wollte. Sie hat sich ihm überlegen gefühlt. Er passte nicht mehr in ihr Leben. Die Firma sollte aber in der Familie bleiben.«

»Aber warum ausgerechnet jetzt? Nach so vielen Ehejahren?«, fragte Willsch, dem anzusehen war, dass ihm so viel Denkarbeit am frühen Morgen Mühe bereitete. Sein wuchtiger Körper hing schlaff im Stuhl.

»Haben Sie sich um die Verträge der Firma Smyrnak gekümmert, Wagner?«, fragte Verena.

Wagner dachte kurz nach, wobei sich zwischen seinen engstehenden Augen eine Falte bildete, nickte dann und sagte: »Von Rottach hat zwar einen Fuß in der Tür mit seinen zwölfeinhalb Prozent, aber eine Nachfolge ist nicht vorgesehen. Da hat sich Smyrnak dann doch abgesichert.«

Nach zwei Stunden waren sie noch nicht weitergekommen.

Verena hatte aufgehört, im Zimmer auf und ab zu gehen, dafür war Dr. Meininger aufgestanden, um Kaffee zu kochen, woran bisher keiner gedacht hatte.

»Diana ist momentan der einzige gemeinsame Nenner. Richten wir unsere Aufmerksamkeit auf sie«, sagte Verena.

»Gesetzt den Fall, sie hat mit den Morden etwas zu tun – wenn sie sich einen Ausstieg aus dem Milieu über einen der Freier erhofft hat, warum bringt sie sie dann um? Das ist doch nicht logisch.« Wagner war mittlerweile dazu übergegangen, die nur spärlich vorhandenen Enden seines schmalen Schnurrbartes zu zwirbeln.

»Wir sollten den Club observieren.« Verena sah zu ihrem Chef, der nickte. »Vielleicht kommt sie ja wieder. Möglicherweise braucht sie Arbeit oder Geld. Kann jedenfalls nicht schaden.«

Jetzt suchte sie Bennos Blick, der verstanden hatte und im Geiste schon den Plan für die Observierung erstellte. »Sie fangen an«, sagte sie zu Schröder.

Wenig später kam ein Hausbote herein und legte das Phantombild auf den Tisch, unter das jemand von Hand *kein Eintrag im Computer* geschrieben hatte. Die Köpfe versammelten sich über dem Papier.

»Viel kann man nicht erkennen.« Verena war die Erste, die etwas sagte. Und sie ahnte, dass es schwer werden würde, diese Frau zu finden. Der lange dichte Pony verdeckte fast zur Hälfte das Gesicht. Die Augen waren kaum zu erkennen. Der Beamte am Computer hatte ein Gesicht erschaffen, wie es wohl in Ramonas Alltag passte: durch zu viel Make-up zur Maske erstarrte Gesichtszüge, frivol ausladende Lippen, mit Kajal künstlich erzeugter provokanter Blick. Verena war irritiert, wusste aber nicht, warum. Sah diese Frau ihr wirklich ähnlich, wie Ramona behauptet hatte? Aber niemandem sonst in der Runde schien dies aufzufallen.

»An die Arbeit, Kinder«, sagte Dr. Meininger, »und ich kümmere mich um die Fahndung.«

»Willsch, Wagner, Sie klappern mit dem Phantombild sämtliche Bars, Bordells, Etablissements und so weiter in Stuttgart und Umgebung ab. Schröder, Ihre Schicht vor dem Club beginnt …«, Verena schaute auf ihre Armbanduhr, »… jetzt! Benno und ich nehmen uns die Puffmutter noch mal vor. Wir brauchen die anderen Stammfreier. Die Frau hat uns noch längst nicht alles gesagt. Wir bleiben über unsere Handys in Verbindung.«

Alle setzten sich in Bewegung.

22

Frau Radkovic ließ sich heute bitten. Der Türsteher war wieder in ihrem Büro verschwunden und erst nach fünf Minuten herausgekommen, um Verena und Benno zu bedeuten, dass sie jetzt reingehen dürften. Frau Radkovic stand dieses Mal nicht auf. Sie blieb hinter dem Schreibtisch sitzen, und man sah ihr den Unwillen an.

»Ich bin sicher, ich kann Ihnen nicht helfen, Frau Paul, was Sie auch fragen werden.«

Verena und Benno blieben vor dem Schreibtisch stehen, da Frau Radkovic keine Anstalten machte, ihnen Platz anzubieten. Verena hatte den Durchsuchungsbefehl in der Tasche und holte ihn jetzt heraus, behielt ihn aber noch in der Hand.

»Wir wissen, dass Diana bis vor ungefähr drei Wochen bei Ihnen gearbeitet hat.«

»So«, sagte die Frau knapp.

»Wir wissen auch, dass die drei getöteten Männer aus Reutlingen Ihre Stammfreier waren. Sie haben uns die ganze Zeit angelogen!«

»Ich … ich habe Ihnen nur nicht alles …«

»Das ist für uns dasselbe«, sagte Verena gereizt. »Meine Frage nun an Sie: Gibt es noch mehr Stammfreier? Ich möchte Namen! Und ich rate Ihnen, die Wahrheit zu sagen.

Verena faltete den Durchsuchungsbefehl auseinander und hielt ihn der verdutzten Frau unter die Nase. »Und was das ist, wissen Sie sicher.«

Die dünnen Finger der Frau griffen nach dem Papier. Dann ließen sie es wieder los, und sie schlangen sich umeinander.

»Ich kann mich an ihren richtigen Namen nicht erinnern. Und ob Sie's glauben oder nicht, ihre Personalakte ist verschwunden, und … ich habe keine Kopien angefertigt. Für mich und alle anderen war sie immer *Diana*.«

»Seit wann fehlt die Akte?«

»Zeitgleich mit Dianas Verschwinden. Ich habe übrigens alle wichtigen Unterlagen zu Hause aufbewahrt, nicht *hier*«, sagte Frau Radkovic mit Blick auf den Aktenschrank in der Ecke.

»Die Namen der Stammfreier.«

Frau Radkovic lehnte sich zurück und schien nachzudenken. Dann schrieb sie vier Namen auf einen Block.

»Diana war beliebt, nicht mehr ganz jung, aber gutaussehend und charmant. Sie haben eine gewisse Ähnlichkeit mit ihr, Frau Kommissarin.«

Verena überlegte, ob Frau Radkovic ihr lediglich ein plumpes Kompliment machen wollte. Aber schließlich hatte auch Ramona so etwas erwähnt.

Wortlos nahm sie den Zettel entgegen, den ihr die Frau entgegenstreckte.

Noch immer war ihnen kein Platz angeboten worden.

Verena las die Namen: Dr. Gürzenich aus Stuttgart, Alfred Zucker aus Esslingen, Vinzenz Kreuzinger aus Stuttgart, Heiner Friedweiler aus Stuttgart.

»Die Adressen müssen Sie schon selber herauskriegen. Die sind mir unbekannt.«

Verena winkte ab. Die würde sie ermitteln.

»Sind das *alle*?«

»So viel ich weiß ja.«

»Hat Diana noch in anderen Clubs gearbeitet?«

»Das weiß ich nicht. Wenn ja, hat sie nichts davon gesagt.«

Die beiden Frauen sahen sich feindselig an. Verena brach als Erste das Schweigen. »Wann genau hat Diana bei Ihnen angefangen?«

»Vor drei Jahren.«

»Woher ist sie gekommen?«

»Das weiß ich nicht. Ich habe sie nicht danach gefragt. Es hat mich ehrlich gesagt nicht interessiert.«

»Gab es Andeutungen? Geschwister, Eltern, irgend etwas aus der Vergangenheit?«

»Nein. Und ein nochmaliges Verhör meiner Mädchen können Sie sich sparen. Sie würden Ihnen nichts anderes erzählen. Diana kam aus dem Nichts und verschwand ins Nichts.«

Verena legte das Phantombild auf den Tisch. »Ist sie das?«

Frau Radkovic zog das Bild zu sich heran, ließ es aber auf dem Tisch liegen: »Ja. Das könnte sie sein.«

»Denken Sie noch mal nach, ob Ihnen ihr wirklicher Name nicht doch noch einfällt.«

»Tut mir Leid. Die Personal- und Steuerangelegenheiten wickelt… das heißt, wickelte ein befreundeter Rechtsanwalt für mich ab. Der könnte sich eventuell an Namen erinnern, wenn er nicht mittlerweile… verstorben wäre. Lungenkrebs. Ging ganz schnell. Und leider ist ja Dianas Akte verschwunden, ich habe den Verdacht, dass Diana sie mitgenommen hat. Sie wusste, wo sie war.«

»Haben Sie den Einbruch in Ihr Haus und den Diebstahl der Polizei gemeldet?«

»Nein.«

»Warum nicht?«

»Ich wollte kein Aufsehen.«

»Wissen Sie, ob Diana in Stuttgart gemeldet war?«

»Ich gehe davon aus.«

»Warum gehen Sie davon aus?«

»Hätte ich sie sonst eingestellt?«

Verena mochte es nicht, wenn ihre Fragen mit Gegenfragen beantwortet wurden. Und um der Kooperationsbereitschaft der

Frau doch noch auf die Sprünge zu helfen, sagte sie zu Benno: »Ich glaube, ein Besuch der Sitte würde sich hier lohnen. Was meinst du?«

»Wär' gewiss kein Fehler.«

Frau Radkovic straffte den Rücken. Sie saß nun kerzengerade auf ihrem Stuhl. Die ehedem schmalen Lippen waren zusammengepresst und kaum mehr zu sehen.

»Was versprechen Sie sich davon? Ich habe Ihnen alles gesagt. Wirklich alles ...«, sie brach ab und dachte einen Augenblick nach.

»Ich möchte Ihnen ein Geschäft vorschlagen.«

»Ich mache keine Geschäfte, Frau Radkovic«, gab Verena zurück, »aber ich werde etwas anderes tun.«

Damit gab sie Benno ein Zeichen, und Benno holte sein Handy aus der Brusttasche, telefonierte aber noch nicht.

»In fünf Minuten sind meine Kollegen hier, die jeden Winkel Ihres Etablissements ausleuchten. Und ich versichere Ihnen, sollten Sie etwas zu verbergen haben, die Kollegen werden es finden.«

Frau Radkovics Augen wanderten unruhig von Verena zu Benno und zurück. Und dann sagte sie: »Diana hat bei ihrem Auszug etwas ... hiergelassen. Sie muss es übersehen haben.«

»Was ist es?«

»Die Sitte bleibt draußen?«

»Was ist es?«

Frau Radkovic holte aus der untersten Schreibtischschublade eine kleine Plastiktüte heraus und streckte sie Verena entgegen.

»Die Tüte ist von mir, der Inhalt von Diana. Ich hab' es in ihrer Kommode gefunden.«

Verena zog eine Medikamentenschachtel aus der Tüte. Sie war halb voll. Verena las den Namen. Sie kannte das Präparat nur zu gut. Es war in Deutschland nicht zu bekommen, man mußte es im Internet aus Amerika beziehen.

Ihr wurde schwindelig.

»Ich dachte, sie holt es sich irgendwann ab, ist ja noch die Hälfte drin. Und nicht billig«, sagte Frau Radkovic.

Verenas Herz klopfte bis zum Hals.

»Halten Sie sich für weitere Fragen zur Verfügung«, sagte sie und steckte die Medikamentenschachtel in ihre Manteltasche. Dann verließ sie grußlos das Büro. Benno folgte ihr.

*

Während Verena die Adresse von Dr. Gürzenich auf dem Killesberg ansteuerte, schrieb Benno, der über sein Handy die Zentrale in Reutlingen angerufen hatte, die übrigen Adressen auf.

Er hatte die Irritation seiner Chefin gerade eben und ihr knappes »Wird sich zeigen.« auf seine Frage nach der Bedeutung der Tabletten erst einmal hingenommen.

*

Die Villa von Dr. Gürzenich lag am Ende einer Stichstraße. Auf der Wendefläche lagen Kinderfahrräder, Roller, Bälle und dergleichen herum. Kinder waren keine zu sehen. Beim Einparken musste Verena aufpassen, keines der Spielzeuge kaputtzufahren.

Auf ihr Klingeln öffnete Dr. Gürzenich kauend die Tür. Kinderstimmen drangen aus dem Haus. Es roch nach Linsensuppe.

»Was kann ich für Sie tun?«, fragte der Doktor, während seine Zunge in der Mundhöhle nach Essensresten suchte. »Falls Sie Zeugen Jehovas sind, ich habe kein Interesse, und schon gar keine Zeit.«

»Hauptkommissarin Verena Paul, Kripo Reutlingen. Das ist mein Kollege Benno Andres.«

Verena und Benno zeigten ihre Ausweise.

»Können wir einen Augenblick mit Ihnen sprechen?«

»Worum geht es?«

Der Mann war bei dem Wort Kripo ganz herausgekommen und hatte die Haustür hinter sich angelehnt.

»Wir sollten das in Ruhe besprechen.«

»Kommen Sie herein.«

Er ging voran und führte sie in ein kleines Besprechungszimmer. Aus der Küche rief eine Frauenstimme, was denn los sei. Der Mann ignorierte sie und schloss die Tür hinter sich. Das kleine Zimmer war geschmackvoll eingerichtet. Die Regale an den Wänden waren mit Büchern voll gestellt, allein das Fenster war ausgespart worden. Auf der Jugendstilsitzgruppe in der Mitte des Raumes nahmen sie Platz.

»Nun?«

Der Mann wirkte angespannt und bemüht, es sich nicht anmerken zu lassen.

Verena beschloss, gleich zur Sache zu kommen.

»Wir wissen, Herr Dr. Gürzenich, dass Sie regelmäßig Gast im *Club 99* sind.«

Verena wartete auf seine Reaktion. Der Mann schien im ersten Moment überrascht, fasste sich aber sehr schnell. Ihm war anzusehen, wie er mit sich kämpfte. Sollte er es abstreiten oder zugeben?

»Und … wenn es so wäre …?«

»Sie sind dort Stammgast. Und Sie haben eine feste …«, Verena überlegte kurz, »… eine Stammhure. Sie nennt sich Diana.«

Dr. Gürzenich kapitulierte. Er wirkte plötzlich klein, fast zerbrechlich, ohnehin war er mit 170 Zentimeter Körpergröße nicht allzu stattlich.

»Ja. Sie haben Recht«, sagte er leise. Er hielt Verenas Blick stand.

»Wir würden über Diana gerne mehr erfahren. Wir wissen, dass sie bis vor wenigen Wochen noch im Club gearbeitet hat, in dem sie vor ungefähr drei Jahren angefangen hat. Was können Sie uns über sie erzählen?«

Dr. Gürzenich hatte sich gesammelt. Mit Blick auf die Tür sagte er:

»Bitte, das müssen Sie absolut vertraulich behandeln. Meine Frau … sie weiß nichts. Ich möchte keine Schwierigkeiten.«

»Erzählen Sie uns einfach, was Sie über Diana wissen.«

»Außer ihren Vornamen weiß ich nichts.«

»Wie oft haben Sie sie aufgesucht?«

»Ungefähr alle ein bis zwei Wochen.«

»In regelmäßigen Abständen?«

»Ja. Sie … sie ist sehr schön, sie hat Anziehungskraft und … ich konnte mich dem nicht entziehen.«

»Wann genau war Ihr letzter Besuch im Club?«

»Vor einigen Wochen ungefähr, genau kann ich es beim besten Willen nicht mehr sagen.«

»Warum haben Sie Ihre Besuche eingestellt?«

»Diana hatte sich verändert. Nach und nach. Ich habe es nicht gleich bemerkt. Sie wurde schwierig. Sie verlor ihre Unbeschwertheit. Zuerst habe ich sie immer seltener besucht. Und dann … habe ich es aufgegeben.«

»Beschreiben Sie die Veränderung genauer.«

»Sie wollte in letzter Zeit nur noch … reden. Sie fing an, sich eine Zukunft mit mir auszumalen.« Der Mann verdrehte die Augen. »Es versteht sich von selbst, Frau …« Der Mann stockte und sah Verena fragend an, da er ihren Namen vergessen hatte.

»Paul«, half Verena nach.

»… dass so etwas auf keinen Fall in Frage kam. Mehr kann ich Ihnen nun wirklich nicht sagen.«

Der Mann stand auf und zeigte mit einer Hand zur Tür. Verena ignorierte das und fragte stattdessen: »Hat Diana ihre Zukunftspläne mit Ihnen konkretisiert?«

Der Mann seufzte und setzte sich wieder.

»Nein. Aber ich bekam mehr und mehr das Gefühl, dass sie einen Ausstieg aus diesem Milieu plante. Und *das*, weswegen ich eigentlich gekommen war, ähm … Sie verstehen … rückte immer mehr in den Hintergrund.« Er lachte. »Mein Gott, was hat so eine … Frau für eine Zukunft? Kein vernünftiger Mann möchte eine Hure zur Ehefrau.« Immer wieder blickte er nervös zur Tür.

»Sie hätten aber viel Geld sparen können«, sagte Benno mit unbewegter Mine. Dr. Gürzenich ignorierte ihn.

»Versuchen Sie sich zu erinnern, wann genau Sie zum letzten Mal in den Club gegangen sind.«

»Ich hab' es doch schon gesagt, vor ungefähr drei, vier Wochen. Ich habe nicht Buch geführt. So, und nun gehen Sie *bitte*.«

»Noch eine Frage. Kennen sich die Freier untereinander?«

»Nein.«

»Sagen Ihnen die Namen Professor Augenthaler oder Peter Smyrnak etwas?«

»Nicht im Geringsten.«

»Halten Sie sich zur Verfügung, falls wir noch Fragen haben«, sagte Verena, während sie aufstand.

»In diesem Fall rufen Sie mich besser in meiner Praxis an.«

Dr. Gürzenich reichte Verena eine Visitenkarte.

Die drei gingen hinaus in den Hausflur. In der offenen Küchentür stand Frau Gürzenich und schaute ihren Mann fragend an. Er winkte ab und brachte Verena und Benno zur Tür.

*

»Keine persönlichen Bemerkungen, Benno. Keine Wertung. Deine moralische Auffassung interessiert nicht.«

»Kann man so eine frauenfeindliche Äußerung unkommentiert lassen?«

Benno reckte sein markantes Kinn nach vorne.

»Verkneif dir das in Zukunft, bis wir unter uns sind. Wo müssen wir jetzt hin?«

Benno lotste seine Chefin durch die engen Straßen der Stuttgarter Innenstadt, bis sie vor einem hohen Mehrfamilienhaus in der Gutenbergstraße standen, in dem Vinzenz Kreuzinger wohnte. Die kleine dunkle Wohnung in der dritten Etage zeugte von wenig Geschmack. Kreuzinger schien keinen Wert auf eine stilvolle Einrichtung zu legen, obwohl er in seinem Beruf als selbständiger Steuerberater sicher genug verdiente. Von großer, untersetzter Statur stand er im Hausflur, die Türklinke noch in der Hand, und schaute Verena und Benno fragend an, als diese sich vorgestellt hatten. Er machte keine Anstalten, sie hereinzubitten.

»Wir haben ein paar Fragen zum *Club 99*«, kam Verena zur Sache.

»Club wie viel?«

»*Club 99*«, wiederholte Verena.

»Nie gehört.«

»Ich glaube doch.«

Verena schaute sich demonstrativ im Treppenhaus um. Bisher waren noch keine Nachbartüren aufgegangen, Verena war sich aber sicher, dass hinter den Gucklöchern reger Betrieb herrschte.

Kreuzinger ließ die beiden nun doch herein, aber nur bis in die Diele. Verena schaute sich um. Die Zurückhaltung des Mannes hatte sie neugierig gemacht. Die Tür zum Wohnzimmer stand halb offen und offenbarte miefiges Sechzigerjahre-Ambiente. Auf einer Kommode stand das Bild einer älteren Dame mit strengem Blick. Als Kreuzinger Verenas Blick gefolgt war, schloss er die Wohnzimmertür so weit, dass das Bild nicht mehr zu sehen war.

»Sie waren regelmäßig Gast im *Club 99*«, fuhr Verena jetzt fort.

»Woher wollen Sie das wissen?«, fragte er.

»Wir wissen es. Uns interessiert nicht, was Sie in Ihrer Freizeit anstellen. Wir brauchen Informationen zu Diana, bei der Sie Stammfreier waren.«

Kreuzinger schnappte nach Luft.

»Woher haben Sie diese Information?« Er flüsterte fast.

Er schloss die Tür zum Wohnzimmer nun ganz, so dass die drei jetzt im halbdunklen Flur standen. Die kleinen Schweißperlen auf seiner Stirn glitzerten wie Sterne. Seine ausgeprägte Himmelfahrtsnase war blass geworden.

»Ich hatte ausdrücklich um Diskretion gebeten. Um Himmels Willen, wer weiß noch davon?«

Der Mann trat von einem Bein auf das andere, seine Hände kneteten sich gegenseitig.

»Beruhigen Sie sich, wir behandeln die Informationen vertraulich«, sagte Verena. »Wann haben Sie Diana zuletzt gesehen?«

»Das ist schon einige Zeit her. Ja, ich habe sie regelmäßig besucht. Ich … ich bin auch nur ein Mann. Ich bin Junggeselle, und ab und zu … na ja, Sie wissen schon … Und Diana ist schön, sie ist elegant, sie ist etwas Besonderes.«

»Wie oft haben Sie den Club aufgesucht?«

Er druckste herum, die Hände hörten nicht auf, sich zu kneten.

»Es kam vor, dass ich dreimal in der Woche hingegangen bin. Manchmal auch nur einmal. Je nachdem, wie … äh … Mutti … ich meine, Mutter … mich vereinnahmt hat. Sie konnte mich unverhofft mit ihren Plänen konfrontieren, oft sogar in dem Moment, als ich gerade in den Club gehen wollte …«

Man sah ihm an, wie er litt.

»Was wissen Sie über Diana?«

»Nichts weiter. Nur ihren Vornamen. Sie hat nie etwas erzählt. Und ich habe nicht gefragt.«

»Aus welchem Grund haben Sie die Besuche bei Diana eingestellt?«

Während er überlegte, wischte er sich mit einem Taschentuch, das er aus seiner Hosentasche gezogen hatte, die Stirn ab.

»Mit einem Mal wurde sie so … anders. Diana wurde ernsthaft, so …, so persönlich, Anonymität war ihr auf einmal nicht mehr wichtig. Aber genau deshalb geht man ja in so einen Club, nicht? Man sucht da keine Frau fürs Leben. Und stellen Sie sich vor, ich bringe so eine nach Hause, Mutti .. ähm, Mutter würde augenblicklich der Schlag treffen.«

»Sie fing an, die Anonymität aufzugeben? Also hat sie doch etwas von sich erzählt?«

»Ja doch, hier und da. Aber ich habe ehrlich gestanden nicht zugehört und hab's mir auch nicht gemerkt.«

»Denken Sie genau nach. Jedes noch so winzige Detail könnte wichtig sein.«

»Nein, wirklich nicht, Herrschaftszeiten. Was interessiert mich das Leben einer Nutte? Ich habe für andere Dienste bezahlt. Und das nicht zu knapp. Aber warum fragen Sie mich das alles?«

»Wir suchen sie als Zeugin in einer Angelegenheit. Aber sie scheint verschwunden zu sein. Niemand weiß ihren richtigen Namen oder wo sie sich im Moment aufhält. Rufen Sie mich sofort an, falls Sie ihr begegnen oder sie sich bei Ihnen meldet. Und …«, Verena versuchte, den Mann nicht zu sehr aufzuscheuchen, »seien Sie vorsichtig. Wir wissen nicht genau, wie … wie wir sie einschätzen sollen.«

Die Nase des Mannes wurde noch blasser, die Finger waren komplett ineinander verschlungen, als Verena und Benno die Wohnung verließen.

Auf denselben Hinweis hatte Dr. Gürzenich vor einer Stunde ähnlich erschrocken reagiert.

23

Die Uhr, die über der Tür des Besprechungszimmers hing und aussah wie eine Bahnhofsuhr, zeigte viertel vier. Verena war nervös. Sie konnte ihrem Chef die Sache mit den Tabletten und ihren Verdacht, der fast schon zur Gewissheit geworden war, nicht mehr länger verschweigen.

Doch zuvor ließ sie Benno über die Befragungen der beiden anderen Stammfreier an diesem Tag berichten.

Alfred Zucker war ein ebenfalls gut situierter Mann Ende fünfzig, der als Prokurist in einer Textilfirma am Rande Stuttgarts arbeitete und mit seiner Ehefrau eine noble Villa ganz in der Nähe bewohnte. Die Frau war nicht zu Hause gewesen, so war ihnen eine peinliche Situation erspart geblieben. Auch Alfred Zucker hatte Diana regelmäßig besucht. Auch er hatte eine gewisse Veränderung an ihrem Verhalten festgestellt. Und auch Alfred Zucker hatte sich sukzessive zurückgezogen.

»Sukzessive, so, so.«

Verena schaute Benno streng an, der unbeeindruckt fortfuhr. Also, auch Alfred Zucker war zur Vorsicht gemahnt worden. Nicht unerwähnt ließ Benno, dass Alfred Zucker ein für sein Alter sehr gut aussehender Mann war mit Esprit und Eleganz.

Der letzte Besuch an diesem Nachmittag hatte Heiner Friedweiler gegolten, der ebenfalls in Stuttgart wohnte, und zwar ganz in der Nähe des Bordells, etwa einen halben Kilometer stadteinwärts. Der Familienvater, dessen Frau das fünfte Kind erwartete, hatte sie erst gar nicht ins Haus gelassen, sondern war mit ihnen auf die Straße gegangen, wo sie Mühe hatten, seinen raschen Schritten zu folgen. Sie waren dann in eine Wirtschaft an der nächsten Ecke gegangen. Zu gerne hätte Benno mitbekommen, wie er das nachher seiner Frau erklären würde.

Von ihm hörten sie fast identische Schilderungen über die Bordellbesuche und über Dianas Verhalten. Auch er hatte diesen Wandel an ihr bemerkt und hatte mit allmählichem Rückzug darauf reagiert. Und auf eine Sache habe er besonders allergisch reagiert, als Diana nämlich versucht hatte, mit ihm übers Heiraten und Kinderkriegen zu sprechen. Das sei ihr größter Fehler gewesen. Die Frage, ob Diana etwas über sich erzählt habe, verneinte Friedweiler. Das hätte er von vorne herein abgeblockt. Schließlich habe er nicht fürs Reden bezahlt.

Und jetzt atmete Verena tief durch und begann, den Fall um ein wichtiges Detail zu ergänzen. Dazu legte sie die Tablettenschachtel auf den Tisch. Dr. Meininger schaute irritiert.

»Das hat mich drauf gebracht. Ich glaube, ich weiß, wer Diana ist.«

Dr. Meininger und Benno starrten Verena an. Es war so still im Raum, dass das Ticken der Wanduhr zu einem dröhnenden Klopfen anzuwachsen schien.

»Ich bin mir ... fast sicher, dass Dianas richtiger Name Viktoria Paul ist. Meine Zwillingsschwester.«

»Was sagen Sie da?«, rief Dr. Meininger. Mit einem Ruck war er aufgestanden, sodass sein Stuhl fast nach hinten gekippt wäre. »Das ist ja unglaublich!« Er rückte seinen Stuhl zurecht und setzte sich wieder. »Warum höre ich das jetzt zum ersten Mal?«

»Es gab bisher keinen ... stichhaltigen Beweis«, sagte Verena. Sie sprach mit leiser Stimme, in der Hoffnung, so ihren Chef zu besänftigen. Ihr Herz klopfte bis zum Hals.

Schweigend verfolgte Benno das Geschehen.

»Sie hätten früher mit der Sache rausrücken müssen. Seit wann sprechen wir nicht mehr über Verdachtsmomente?«

»Sie haben recht, Chef. Aber es ist so ... bizarr.«

Dr. Meininger beruhigte sich langsam.

»Worauf stützt sich Ihr Verdacht?«, fragte er schließlich.

»Sowohl Frau Radkovic als auch die Mädchen in ihrem Club haben eine Ähnlichkeit zwischen Diana und mir bemerkt. Und nachdem Frau Radkovic mir diese Medikamentenschachtel gab, die Diana in ihrer Kommode vergessen hat, habe ich kaum mehr Zweifel.«

Verena dachte einen Moment nach und fuhr dann fort: »Als meine Schwester in der Pubertät mehrere epileptische Anfälle bekam, wollte mein Vater mit ihr zum Psychiater. Mutter hat das verhindert. Sie hat einen Heilpraktiker in Dortmund ausfindig gemacht, der ihr diese Tabletten gegeben hat. Sie sind schwer zu bekommen. Es gibt sie nur in Amerika. Darüber hinaus sind sie sehr teuer.«

Erschöpft lehnte Verena sich zurück. »Ich habe vorhin mit dem Heilpraktiker telefoniert. Natürlich gibt er mir keine Auskunft. Datenschutz! Ohne Gerichtsbeschluss ist da nichts zu machen.«

»Das dürfte nach Lage der Dinge kein Problem sein«, sagte Dr. Meininger. »Aber sind Sie sich über die Folgen im Klaren, falls Ihre Schwester tatsächlich die Frau ist, die wir suchen? Ich müsste Sie vom Fall abziehen.«

»Deshalb wollte ich Sie bitten, dass wir die Sache noch eine Weile für uns behalten. Ich muss von dem Heilpraktiker wissen, ob sie die Tabletten noch über ihn bezieht, wem er sie sonst noch besorgt und wie verbreitet sie in Deutschland mittlerweile sind. Wenn wir Glück haben, kennt er ihren derzeitigen Aufenthaltsort.«

»Sind Sie eineiige Zwillinge?«, wollte Benno wissen.

»Ja. Wir haben uns aber von Anfang an bewusst unterschiedlich gekleidet und frisiert, und jetzt immerhin 15 Jahre lang nicht gesehen.«

Verena erzählte in einer Kurzfassung die Umstände von Viktorias Verschwinden.

»Vielleicht ist es auch nur Zufall«, fuhr sie fort. »Und sie hat nichts mit der Sache zu tun. Geben Sie mir Zeit, das herauszufinden, Chef?«

Dr. Meininger rang sichtlich mit sich. Dann gab er sich einen Ruck.

»Ich gebe Ihnen drei Tage, Verena. Aber Sie wissen, dass wir in Teufels Küche kommen können.«

»Der Teufel hat mich noch nie geschreckt. Sein Pendant da oben halte ich für viel gefährlicher«, sagte Verena mit Blick nach oben.

»Wenn Sie damit den Staatsanwalt meinen, könnten Sie Recht haben«, erwiderte Dr. Meininger. »Nach Lage der Dinge sollten wir die Freier von Frau Radkovics Liste observieren«, fuhr er fort. »Nicht ausgeschlossen, dass sie auch mit ihnen Kontakt aufnimmt, falls an Ihrer Theorie was dran ist.«

»Da sind wir uns einig, Chef«, erwiderte Verena. »Und Benno hat sicher schon einen fertigen Plan im Kopf.«

Verena sah zu ihrem Assistenten, der ergeben nickte.

24 Den Rucksack geschultert, ging Verena auf der Albstraße stadtauswärts zum Urbanbad. Es nieselte leicht, und es war kalt. Normalerweise war sie auf dem Weg ins Bad gut gelaunt. Nur heute war sie es nicht. Was, wenn Dr. Meininger ihr den Fall entzog?

Und was war passiert, dass Viktoria so tief gesunken war? Sie holte sich das Bild ihrer Schwester ins Gedächtnis, wie sie sie zuletzt erlebt hatte. Ein achtzehnjähriges Mädchen, das vom Leben etwas haben wollte. Viktoria war immer die hübschere gewesen, hatte Zeit und Geld in ihr Äußeres investiert, die Augenbrauen gezupft, die Haare getönt, durch Gymnastik die Figur in Form gehalten, ganz im Gegensatz zu Verena, der nie wichtig gewesen war, wie sie aussah.

Verena war am Urbanbad angekommen. An der Kasse zeigte sie ihre Monatskarte vor und ging zu *ihrer* Kabine am Ende des Umkleidetraktes. 25 Schritte. Zwei zuviel. Das musste an der Erschöpfung liegen. Verena holte den Badeanzug und die Badekappe aus dem Rucksack und zog sich um. Dann betrat sie die Schwimmhalle, legte ihr Handtuch auf einen der Liegestühle und kaufte sich eine Weißweinschorle. Sie verschaffte sich einen Überblick. Um diese Uhrzeit waren keine Kinder mehr in der Halle, was Verena ganz recht war. Nur ein paar ältere Leute zogen ruhig ihre Bahnen. Verena ließ sich ins Wasser gleiten und schwamm los. Sie spürte, wie sich ihr Körper entspannte, wie ihr das warme Wasser und die Bewegung gut taten. Als sie sieben Bahnen geschwommen war, wurde sie langsam unruhig. Jedes Mal, wenn die Tür der Männerdusche aufging, schaute Verena erwartungsvoll hinüber, doch bisher vergebens. Es gab keine festen Verabredungen. Das machte die Angelegenheit zwar spannend, aber auch unberechenbar. Nach weiteren fünf Bahnen stieg sie aus dem Becken und trocknete sich ab. Sie spürte die Blicke der männlichen Badegäste und versuchte unbeteiligt zu wirken. Sie holte sich noch eine Weinschorle und setzte sich an einen der Tische. Nach der vierten Weinschorle und um dreiviertel zehn verließ sie das Bad – und wie jedes Mal, wenn er nicht dagewesen war, mit einer leisen Enttäuschung.

25

Wagner saß am Steuer des Dienstwagens, Willsch neben ihm. Die Stimmung war gereizt, aber wie sollte sie auch anders sein nach so einer Nacht? Willsch wickelte ein mit dicken Schinkenscheiben belegtes Butterbrot aus. Beim Abbeißen fing er die herabfallenden Wurstscheiben mit der freien Hand auf und steckte sie zwischen die Brotscheiben zurück. Wagner öffnete das Fenster ein wenig, ihm wurde schlecht bei dem Geruch nach Butter und fetter Wurst. Für einen heißen Kaffee würde er jetzt so einiges geben. Er hatte seine Thermoskanne zu Hause vergessen, was ihn zusätzlich ärgerte.

»Du hast geschnarcht«, sagte Willsch zwischen zwei Bissen.

»Kann nicht sein. Ich war die ganze Zeit hellwach. Aber du bist öfter eingenickt.«

»Bei dir piept's wohl.«

Mozarts ›Kleine Nachtmusik‹ erklang in zu schnellem Tempo und zu schrill. Willsch wickelte das Butterbrotpapier notdürftig um sein Brot und holte sein Handy aus der Brusttasche. »Ja?«, sagte er mürrisch. – »Nein, Chefin, es war alles ruhig.« – »Ja, die ganze Nacht.« – »Nein, kein einziges Mal.« – »Ja, um halb acht kommt die Ablösung. Und sollte der Doktor vorher schon das Haus verlassen, folgen wir ihm natürlich.«

Er klappte geräuschvoll sein Handy zu. »Das war die Chefin.«

»Hab' ich mir gedacht.«

Willsch aß sein Schinkenbrot auf, holte dann eine Banane aus seiner Tasche und schälte sie. Gerade als er hineinbeißen wollte, störte Mozart erneut. Er klappte sein Handy wieder auf, sah die Nummer auf dem Display und sagte: »Was gibt's, Schröder?«

»Alles ruhig bei euch?«

»Ja doch. Hab' ich der Chefin auch gerade gesagt.«

»Wie ruhig so eine Stadt am Sonntagmorgen ist, was?«

»Schröder, wenn du ein Mitteilungsbedürfnis hast, ruf' deine Frau an«, und als ihm einfiel, dass Schröder gar keine Frau hatte, nicht mal eine Freundin, fügte er hinzu, »oder deinen Friseur.«

Doch dann tat ihm seine Schroffheit Leid, und er fragte Schröder, der zusammen mit Eggert vor dem Haus von Vinzenz Kreuzinger in der Stuttgarter Innenstand stand: »Bei Euch irgendwelche Vorkommnisse?«

»Keine. Er hat Besuch bekommen von Mutti. Sie ist die ganze Nacht geblieben. Wann kommt eure Ablöse?«

»Um acht.«

26

Immer, wenn Verena sich zu einem Besuch bei ihrer Mutter entschlossen hatte und nach der viereinhalbstündigen Autofahrt im Schritt-Tempo in die Seitenstraße einbog, in der sie aufgewachsen war, überkam sie diese eigenartige Empfindung von widerstrebender Geborgenheit, die so schwer zu erklären war. Das wohlige Gefühl des Nachhausekommens, von dem ihr viele schon berichtet hatten, nachdem sie von einem solchen Besuch zurückgekommen waren, nach diesem forschte sie in sich vergebens.

Schon von weitem sah Verena ihre Mutter am Gartentor stehen, und als diese das Auto ihrer Tochter entdeckt hatte, fing sie mit beiden Armen zu winken an.

»Hallo Mama!«, begrüßte Verena sie, nachdem sie ihren Wagen abgestellt und die Reisetasche vom Rücksitz genommen hatte.

»Man könnte meinen, du stehst seit meinem Anruf heute früh hier an der Gartentür und wartest.«

»Quatsch«, winkte die Mutter verlegen ab. »Ich freu' mich eben.«

Die beiden Frauen gingen ins Haus.

»Aber du weißt schon, dass ich erst am Zwanzigsten Geburtstag habe.«

»Natürlich. Aber ich dachte, ich schau mal nach dir«, log Verena, und sie fühlte sich nicht gut dabei. Ihre Mutter in dem Glauben zu lassen, sie sei der Grund für ihren spontanen Besuch, fand sie hinterhältig.

Die Enge ihres Elternhauses, die Textiltapeten und Teppichböden in dunklem Beige, die schon seit Jahrzehnten nicht erneuerten schweren Eichenmöbel im Wohnzimmer, das alles lag wieder bleischwer auf Verenas Gemüt. Als ob sie nie weggewesen wäre. Ihre Mutter, die Verenas Reisetasche in ihr altes Kinderzimmer gebracht hatte, kam die schmale Treppe herunter. Acht Stufen – wie eh und je. Verena fiel auf, dass ihre Mutter abgenommen hatte, der dunkelbraune knielange Rock schlackerte um ihre Beine. Sie trug diese Art von bequemen Haussandalen, die Frauen schlagartig um Jahre altern ließen.

»Komm in die Küche, Kind, ich hab' Kaffee aufgesetzt.« Sie schien bemerkt zu haben, wie ihre Tochter sie gemustert hatte, und war peinlich berührt. Sie wusste selbst, dass sie mehr aus ihrem Äußeren machen könnte. Ihre abgetragene Garderobe gehörte schon längst in den Altkleidersack. Aber für wen sie das tun sollte, das hatte ihr noch niemand verraten.

»Neue Tapeten, hellere, freundlichere Farben, meinst du nicht, du könntest dich dann ein bisschen wohler fühlen?« Verena sah ihrer Mutter zu, wie sie die beiden Tassen füllte. Kaffeeduft verbreitete sich im Raum.

»Ach was, das kostet doch nur unnötig Geld. Vielleicht… später.

Für heute Abend hab' ich übrigens Dein Lieblingsessen vorbereitet.« Sie lächelte verheißungsvoll.

»Sag bloß, es gibt Reibekuchen mit Apfelmus.«

»Richtig, Reibekuchen mit Apfelmus. Papa hat immer Reißaus genommen, wenn es Reibekuchen mit Apfelmus gab, weißt du noch?«

»Hm.«

»Ich hab' ihm dann immer was anderes gekocht. Was mit Fleisch. Und schon war er wieder friedlich.« Die Frau lächelte vor sich hin, während sie erzählte.

Später ging Verena auf ihr Zimmer, um ihre Tasche auszupacken. Seit ihrem Auszug vor fünfzehn Jahren diente es als Wäsche- und Bügelzimmer. Nur wenn Verena zu Besuch kam, räumte ihre Mutter den ganzen Kram beiseite und versuchte, es ihrer Tochter gemütlich zu machen. Das zweite Kinderzimmer war seit Viktorias Weggang nicht verändert worden.

Am Abend saßen sie im Esszimmer zusammen. Verena hatte sich die Reibekuchen schmecken lassen. Das Haus roch nach

Bratenfett. Oft schon hatte Verena versucht, die Reibekuchen genau so zu machen, es war ihr bisher noch nicht gelungen. Eine Flasche Riesling und zwei Gläser blieben auf dem Tisch zurück, nachdem Verenas Mutter das Geschirr in die Küche gebracht hatte.

Sie sprachen über Belangloses, über diese oder jene Nachbarn, über alte Schulfreunde, was aus diesem oder jenem geworden war. Dann war es eine Zeitlang still zwischen den beiden. Nur die alte Wanduhr tickte.

Verena trank ihr Weinglas aus und schenkte sich und ihrer Mutter nach. Diese schien ins Leere zu blicken, bevor sie sagte: »Was ist bloß schief gelaufen?«

»Was glaubst du?«, frage Verena nach einer Pause.

»Wenn man euch beide so vergleicht, kann man …«

»Ich glaube nicht, dass es gut war, uns ständig zu vergleichen«, unterbrach Verena ihre Mutter. »Obwohl wir Zwillinge sind, sind wir im Wesen grundverschieden. Bist du eigentlich ganz sicher, dass wir eineiig sind? Die Ähnlichkeit war ja nie so groß.«

»Der Arzt hat es behauptet damals. Frag' mich nicht, warum er sich so sicher war. Viktoria war verschlossener, sie war manchmal schwer zugänglich. Sie war nicht so verlässlich wie du, ihre Schulnoten waren schlechter, ich erinnere mich noch, als …«

»Ich bin sicher, sie hat es gespürt.«

»Was?«

»Und es hat sie verletzt, dass sie bei deinen Vergleichen immer schlechter abgeschnitten hat.«

»Aber wie kannst du so etwas sagen? Ich habe euch beide gleich liebgehabt. Immer. Weißt du noch, damals, als Viktoria im Waschkeller fast in die kochende …«

»Das meine ich nicht. Sie hat gespürt, dass sie in deinen Augen neben mir nicht bestehen kann. Dass du sie geringer geschätzt hast, ihren Fähigkeiten weniger vertraut hast als meinen. Das hat mit Liebe nicht unbedingt etwas zu tun.«

Ihre Mutter bekam feuchte Augen.

»Dann bin ich am Ende noch schuld, dass sie weggegangen ist?«

Sie schlug die Hände vors Gesicht und schüttelte den Kopf.

»Soll ich denn an allem schuld sein? Dein Vater hat mich verlassen. Meine Schuld? Viktoria ist sang- und klanglos verschwunden. Meine Schuld? Ich hab' sie doch nicht anders behandelt als dich! Sie war halt schwieriger als ..., sie war ... schwierig.« Und nach einem tiefen Seufzer fuhr sie fort: »Und dass sie sich dieser Gruppe angeschlossen hat, diesen Hippies, diesen rumhängenden Tagedieben, soll ich daran auch schuld sein?«

»Sie hat sich eben an die nächstbesten Leute geklammert, die sie akzeptiert haben, wie sie ist. Ich glaub', sie hat sich in dieser Clique geborgen gefühlt. Anders als zu Hause.«

Es war wieder eine Zeitlang still zwischen den Frauen. Inzwischen hatte Verena die zweite Flasche geöffnet. Sie spürte den Wein schon etwas. Ihre Mutter schien unbeeindruckt.

»Hast du dich denn ... ich meine ...?« Verenas Mutter schaute an ihrer Tochter vorbei und rang nach den richtigen Worten.

Verena war überrascht, dass ihre Mutter sie so etwas fragte. Sie zögerte einen Moment und antwortete dann: »Geborgen gefühlt? Nein, und du weißt warum.«

»Nein, weiß ich nicht. Wegen ... Vater etwa?«

»Ja.«

»Er hat uns immer gut behandelt. Und euch hat er nie geschlagen.«

»Das stimmt. Aber er hatte andere Grausamkeiten auf Lager.« Verena machte eine kurze Pause und fixierte ihre Mutter, die scheinbar unbeteiligt mit ihrem Weinglas das Muster der Tischdecke nachzeichnete.

»Du spinnst«, sagte sie. »Davon weiß ich nichts. Ich kann's mir auch nicht vorstellen.«

»Bist du blind gewesen? Oder hast du schon vergessen, wie er uns ständig harte Arbeiten aufgebürdet hat. Wie er sich von uns bedienen ließ, als wären wir seine Dienstmädchen.«

»Er war ja kaum zu Hause, dann kann's so schlimm nicht gewesen sein.«

»Es war schlimm.«

Verena fuhr mit ihrem Zeigefinger auf der Kante ihres Weinglases im Kreis. Ein leiser Pfeifton mischte sich unter das Ticken der Wanduhr.

»Wir waren froh, wenn er nicht zu Hause war. Man konnte dann freier atmen.«

»Wie kannst du so etwas sagen, Verena?«

»Du nimmst ihn immer noch in Schutz, obwohl er auf der ganzen Linie versagt hat.« Verena wurde langsam wütend. »Er hat als Vater versagt und als Ehemann. Er hat dich sitzenlassen für eine Jüngere.«

»Er hat immer gut für uns gesorgt. Oder hat es euch je an etwas gefehlt? Wir durften in einem schönen Haus wohnen, das er für uns gekauft hatte. Wir hatten immer genug Geld. Ist das nichts?«

Die Mutter brach ab. Es war ihr anzusehen, dass sie mit sich rang. Dann brach es aus ihr heraus: »Heute Morgen hat er angerufen, ... er klang ziemlich ... reumütig.«

Verena glaubte, sich verhört zu haben. Sie erhob sich und fasste über den Tisch hinweg ihre Mutter an beiden Schultern und schüttelte sie. »Sag, dass du nicht eingeknickt bist.«

Mit einer heftigen Bewegung befreite sich die Mutter aus dem Klammergriff der Tochter und brachte ihre Frisur wieder in Ordnung.

»Er hat mich gefragt, ob ich ihm noch böse bin. Er hat gesagt, dass er eingesehen hat, eine große Dummheit begangen zu haben. Er bereut.«

Mit einem Plumps ließ sich Verena auf ihren Stuhl zurückfallen.

»Sie wird ihn verlassen haben, das ist alles«, sagte sie. »Sie wird es mit ihm nicht ausgehalten haben. Nach so kurzer Zeit schon. Das ist der Grund, Mama. Und jetzt möchte er zurück zu Heim und Herd, um versorgt zu sein. Er kann nicht allein leben, er braucht dich wieder als Haushälterin. Lass dich nicht mehr auf ihn ein. Du hast doch den richtigen Weg schon eingeschlagen. Geh den Weg weiter, geh nicht wieder zurück.«

Am Blick ihrer Mutter konnte Verena erkennen, dass sie sich bereits entschieden hatte.

»Was glaubst du, hat er mit Viktoria im Badezimmer gemacht?« Verenas Stimme war jetzt bedrohlich leise.

»Das ist ausgemachter Blödsinn. Gibt es Beweise? Hat sie jemals irgend etwas Derartiges erzählt?«

»Nein, hat sie nicht. Aber warum glaubst du, hat er sie sonst gerufen, wenn sein Badewasser eingelaufen war? Warum glaubst du, hat er sie gerufen? Zum Rückenschrubben vielleicht? Andere können das auch alleine. Hast *du* jemals eine von uns gerufen, wenn du gebadet hast?«

Verena fixierte ihre Mutter mit eisigem Blick. »Es stimmt, sie hat niemals darüber geredet, aber sie blieb immer sehr lange im Badezimmer, und hinterher war sie noch schweigsamer als sonst.«

Verena holte Luft und fuhr fort: »Er hat uns gezwungen, Tiere zu töten.«

Jetzt sprang Verenas Mutter auf und schlug mit der flachen Hand auf den Tisch: »Jetzt reicht's langsam. Man könnte ja meinen, du sprichst vom Leibhaftigen.«

Verena blieb ruhig, obwohl es ihr angesichts des Rieslings und der Verbohrtheit ihrer Mutter schwerfiel.

»*Wir* haben die Kaninchen geschlachtet, nicht er. Er hat es uns beigebracht, er wollte uns an seinen Grausamkeiten teilhaben lassen. Wir haben Susi, Daphne, Pavel, Nick, Hazel, Wolle und wie sie alle hießen, schlachten müssen. Er hat uns *gezwungen*. Und du hast nie geahnt, welche Vorgeschichte dein Sonntagsbraten hatte. Wir durften dir nichts sagen. Er meinte, du würdest das nicht verstehen und nur wieder unnötig quengeln und keifen. Ja, so hat er über dich geredet. Und er würde dir das Haushaltsgeld kürzen und dich um jeden Pfennig betteln lassen, sollten wir dir etwas verraten.«

»Ihr hättet ja nichts mitessen müssen.«

»Wir *mussten* mitessen. Sonst würde am nächsten Sonntag Pinsel als Sonntagsbraten auf dem Tisch stehen, hat er gedroht. Du kennst doch noch Pinsel?«

»Natürlich kenn' ich Pinsel noch. Die Promenadenmischung hat mir oft genug die Teppiche vollgepisst.«

Verena fuhr ungerührt fort: »Weißt du eigentlich, wie bemitleidenswert so ein Tier aussieht, wie entwürdigend, wenn es mit den Hinterläufen an die Kellertür genagelt wird und kopfüber herunterhängt, ohne Fell, nackt. Aus dem geöffneten Hals rinnt das Blut. Die großen Augen starren dich an. Weißt du eigentlich, wie klein ein Hasenkopf ohne Fell aussieht, und wie riesig die Augen wirken? Wenn es da so hängt, nur noch an den Füßen Fell, sieht es aus, als hätte es Socken… an…« Verena hielt schlagartig inne. Sie war wie vom Blitz getroffen. Sie versuchte, trotz des vielen Weins klar zu denken. Herr Smyrnak, Professor Augenthaler, Herr von Aue, alle drei holte sie sich ins Gedächtnis, wie sie nackt gewesen waren, nur die Socken hatte der Mörder ihnen gelassen. Verena wurde abwechselnd heiß und kalt.

»Ist dir nicht gut? Du bist so blass geworden.«

»Nein, nein… Ist schon gut.«

»Wo wir schon beim Austeilen sind, Verena. Du bist auch nicht ganz unschuldig. Erinnerst du dich noch an Leon? Viktorias Freund? Und wer ihn ihr ausgespannt hat?«

Sie schenkte sich und ihrer Tochter Wein nach.

»Woher kennst du Leon?«

»Ich war eine zeitlang mit seiner Mutter befreundet, bis sie sich von ihrem Mann getrennt hat und weggezogen ist.«

»Was weißt du darüber?« Verena wurde verlegen. Sie hätte dieses Kapitel aus ihrer Jugend am liebsten ungeschehen gemacht, hatte es so gut es ging verdrängt.

»Er hat Viktoria mit dir betrogen. Ihr beide habt Viktoria betrogen. Seine Mutter hat es mir damals erzählt.«

»Aber warum hast du nie…?« Verena schämte sich.

»Ich habe mich nie in eure Angelegenheiten gemischt, das weißt du. Aber ich bin sicher, dass Viktoria sehr gelitten hat. Sie musste mit ansehen, wie du und Leon glücklich wart.«

»Sie hat mir versichert, dass sie sowieso mit ihm Schluss gemacht hätte, früher oder später.«

»Sei nicht dumm. Sie hat ihren Kummer vor dir versteckt.«

Verena leert ihr Glas. Dann beschloss sie, zu Bett zu gehen, denn sie war noch nüchtern genug, um einzusehen, dass der Abend außer unerfreulichen Wahrheiten, die besser bei klarem Verstand besprochen werden sollten, nichts mehr hervorbringen würde.

Sie wünschte ihrer Mutter eine gute Nacht und gab sich Mühe, würdevoll die Treppe hinaufzugehen.

Der Duft von frischem Kaffee und Aufbackbrötchen lag in der Luft.

Schweigend saßen sich die Frauen am Frühstückstisch gegenüber.

Wie eine schwere Gewitterwolke hing der gestrige Abend über ihnen, unfähig, sich zu entladen. Gerne hätte Verena ihrer Mutter gesagt, dass sie es nicht so gemeint hat. Nur um sie zu beruhigen, sie wieder in Sicherheit zu wiegen. Aber sie brachte es nicht fertig.

»Gut geschlafen?«, fragte sie stattdessen, nachdem sie sich kräftig geräuspert hatte. Sie hatte Kopfschmerzen und einen dicken Kloß im Hals. Ihre Stimme klang, als hätte sie tagelang gehustet.

»Wie ein Stein.« Ihre Mutter reckte sich. Dann fragte sie: »Was hast du heute für Pläne?«

Mit dieser Frage hatte Verena gerechnet und über die passende Antwort schon seit dem Aufwachen gegrübelt. Denn mitnichten hatte sie vor, ihre Mutter in ihre Pläne einzuweihen. Sie musste eine plausible Erklärung finden. »Ich wollte mich heute eigentlich für ein paar Stunden ausklinken, ich möchte Leute besuchen, mit denen du … ohnehin nichts anfangen könntest.« Und als sie das enttäuschte Gesicht ihrer Mutter sah, fügte sie hinzu: »Ach komm, gib mir ein paar Stunden, der Rest des Tages gehört uns, versprochen.«

*

Verena hatte nicht vergessen, wo Ellens Eltern wohnten. Ellen Fuchs war damals Viktorias beste Freundin gewesen. Sie hatte es faustdick hinter den Ohren gehabt. Verena konnte sich noch gut an die Typen erinnern, mit denen Ellen rumgezogen war: von der übelsten Sorte, hatten schon lange keine Schule mehr von innen gesehen und sich statt dessen im *Sundown* rumgetrieben, einem Jugendclub ganz in der Nähe der Schule. Ein Joint zum Frühstück, zwei zum Mittag und viel Alkohol. Verena konnte sich dunkel daran erinnern, dass einer der Jungs vollends auf die schiefe Bahn geraten war, als er mit Heroin in Kontakt gekommen war. Von ihm hatte man dann nichts mehr gehört.

Man munkelte, er sei nach Hamburg gegangen. Und eines Tages war Viktoria in den Dunstkreis Ellens geraten. Von da an sausten ihre Schulnoten in den Keller, sie kam nach der Schule nicht mehr nach Hause, blieb oft über Nacht weg.

Da waren Verena und Viktoria sechzehn gewesen.

Verena hatte das Gebäude erreicht, in dem Ellens Eltern wohnten. Das unter Denkmalschutz stehende Fachwerkhaus lag versteckt inmitten hoher Tannen. Die Eheleute hatten es damals günstig gekauft und mit viel Liebe und Eigeninitiative renoviert. Mit zwei Lehrergehältern war es kein Problem gewesen, das alte Haus nach und nach in ein ansehnliches Heim zu verwandeln. Sie waren augenscheinlich eine glückliche Familie, bis Ellen mit der Clique in Kontakt gekommen war. Die Eltern hatten anfangs die Gefahr unterschätzt und gehofft, mit Vertrauen und Zuwendung würde alles wieder gut werden. Vergebens.

Und da Verena die Gang von Anfang an verabscheut hatte, hatte sie sich zwangsläufig immer mehr von ihrer Schwester entfernt, als diese durch Ellen ebenfalls mit der Clique in Berührung gekommen war. So hatten sie sich allmählich auseinandergelebt. Und als Verena sich in eine andere Klasse versetzen ließ, da die meisten Mitschüler mittlerweile Anhänger dieser Clique geworden waren, konnte es vorkommen, dass die Zwillinge sich oft tagelang nicht sahen, es sei denn zufällig auf dem Pausenhof oder irgendwo auf der Straße. Verena ahnte bereits damals, dass Viktoria ihr die Geschichte mit dem Klassenwechsel übelgenommen hat.

Eine kräftige Frau, der man ihre zupackende Art ansah, öffnete die Tür und riss Verena aus ihren Gedanken. Nach einem kurzen Moment, in dem die Frau in ihrem Gedächtnis kramte, sagte sie: »Verena! Was für eine Überraschung!«

Sie bat Verena herein. Sie gingen ins Wohnzimmer, das sparsam mit erlesenen Antiquitäten möbliert war und dessen Zentrum eine dunkelbraune Ledersitzgarnitur bildete.

»Ich will nicht um den heißen Brei herumreden, Frau Fuchs, Sie können sich sicher denken, warum ich hier bin. Vor 15 Jahren hatte ich Sie in der gleichen Sache schon einmal besucht. Und Sie konnten mir damals leider nicht helfen«, begann Verena das Gespräch, nachdem sie sich gesetzt hatten und Verena eine Tasse Kaffee abgelehnt hatte.

»Damals konnte ich nicht helfen. Ja, ich weiß. Wir hatten genug eigene Probleme mit Ellen. Du wirst dich erinnern, sie war schon von zu Hause ausgezogen, war zu einem dieser…«, man sah der Frau an, wie sie nach einem Wort suchte, das ihrer Verachtung genug Ausdruck verlieh, »… nichtsnutzigen Gossenjungen gezogen. Von da an hatten wir noch weniger Einfluss als vorher. Wir haben versucht, sie zu einem guten, zu einem eigenverantwortlichen Menschen zu erziehen. Immer haben wir sie in unsere Entscheidungen einbezogen. Nie haben wir ihr etwas aufgezwungen!«

»Vielleicht haben Sie sie damit überfordert.« Verena erschrak über sich selbst. Es stand ihr nicht zu, sich ein Urteil zu bilden. Es war ihr einfach herausgerutscht. »Entschuldigen Sie, Frau Fuchs, das hab' ich nicht so gemeint«, fügte Verena schnell hinzu.

»Nein, nein. Du brauchst dich nicht zu entschuldigen, Verena. Der Gedanke ist uns auch schon gekommen. Man versucht, die Fehler der Eltern bei den eigenen Kindern zu vermeiden, und macht dafür andere.«

»Wo ist Ellen heute?«

Ellens Mutter stand auf, ging zum Sekretär und schrieb die Adresse ihrer Tochter auf einen Notizzettel. Als Verena die Adresse las, erschrak sie, ließ sich aber nichts anmerken.

»Ich habe gehört, dass du Kriminalkommissarin geworden bist und in Süddeutschland arbeitest. Gratuliere«, sagte Frau Fuchs, nachdem sie sich wieder gesetzt hatte.

»Danke. Ja. Ich arbeite in Reutlingen.« Verena freute sich über die ehrliche Anerkennung der Frau.

»Ist dein Besuch bei mir jetzt… beruflich?«

»Nein, privat. Ich habe Mama besucht und dachte, ich könnte mal nach Ellen sehen.«

Verena wusste, dass ihre Erklärung nicht plausibel war. In den ganzen letzten Jahren hatte sie während der Besuche bei ihrer Mutter nie den Wunsch verspürt, Ellen oder irgendjemand anderen aus ihrem früheren Leben zu treffen. Warum sollte das ausgerechnet heute anders sein? Aber Frau Fuchs ließ es dabei bewenden.

»Haben Sie Kontakt zu Ellen?«, fragte Verena.

»Wenig. Ich habe sie ein paar Mal besucht. Aber... es ist schwer, sie *dort* zu wissen.«

Verena plauderte noch ein wenig mit der Frau, um nicht unhöflich zu sein, verabschiedete sich aber bald.

Sie ging zu ihrem Auto zurück und machte sich auf den Weg.

Zwischen grauen, tristen Wohnblocks, die einander bis ins letzte Detail glichen, suchte sich Verena einen Parkplatz. Mit einiger Mühe fand sie das richtige Haus. Die Grünflächen zwischen den Betonklötzen verdienten diesen Namen schon längst nicht mehr, zu klein und nur spärlich mit Bäumen und Büschen bepflanzt, trugen sie zum trostlosen Gesamtbild der Siedlung eher bei, anstatt ihm entgegenzuwirken. Und das einstige Grün des Rasens war längst zu einem lehmigen Braun geworden. Vor den Eingängen lagen leere Dosen, Flaschen und Plastiktüten herum. Kaum eine Tür oder Mauer, die nicht entweder beschmiert oder bemalt war oder aber Spuren von Tritten und Einbruchsversuchen aufwies.

Endlich stand Verena vor der richtigen Wohnungstür im zweiten Stock eines der Wohnblocks. Es war düster im Treppenhaus. Es roch nach kalter Asche und schlechtem Essen. Von den Wänden bröckelte der Putz.

Verena klingelte. Nach wenigen Momenten schaute jemand durch den Spion. Dann wurde zögernd die Tür geöffnet und Verena sah sich einer Frau gegenüber, die mit der Ellen, die sie kannte, nichts mehr gemein hatte. Die einst langen Haare waren kurz, stumpf und nachlässig frisiert. Das Gesicht wirkte aufgedunsen, rote Äderchen erstreckten sich über Wangen und Nasenrücken und verrieten übermäßigen Alkoholkonsum. Ellens einstmals schlanke biegsame Gestalt wirkte plump und grob. Die Stimmen zankender Kinder drangen aus der Wohnung. Ein Säugling schrie.

Verena half Ellen über ihre Verdutztheit und sagte: »Ich bin's, Verena. Die Schwester von Viktoria. Grüß dich, Ellen.«

»Verena? Du?«

Ellen fuhr sich mit beiden Händen hastig durchs Haar. Da stand plötzlich jemand aus ihrem früheren Leben vor ihr. Sie ging einen Schritt zur Seite und bat Verena in die Wohnung. Verena ging voran in ein spartanisch eingerichtetes Wohnzimmer. Der Fußboden war mit Krimskrams übersät, das meiste davon Kinderspielzeug.

»Kaffee?«

»Nein, danke. Mach dir keine Mühe.«

Da keine Aufforderung kam, sich zu setzen, blieb Verena stehen und dachte über eine geschickte Einleitung nach. Ellen derart desolat vorzufinden, darauf war sie nicht gefasst.

Ellen verfrachtete ihre Kinder – Verena zählte vier sichtbare und ein hörbares – ins Kinderzimmer, wo sie urplötzlich ruhig waren. Sogar der Säugling schien den Befehl, die Klappe zu halten, verstanden zu haben. Verena machte sich Sorgen um ihn.

Sie verkniff es sich, Ellen zu fragen, wie es ihr ging, denn es war offensichtlich. Verena entschied sich dafür, direkt zur Sache zu kommen. »Du wirst von meinem Besuch überrascht sein, aber der Grund ist … immer noch … oder wieder einmal … meine Schwester.«

»Hab gehört, du bist Polizistin geworden. In Süddeutschland.«

»Das ist richtig. In Reutlingen«, sagte Verena. »Ich bin aber als Privatperson hier. Es ist die alte Geschichte mit Viktoria, die mich nicht loslässt.«

Ellen nickte.

Die beiden Frauen setzten sich nun doch, und Verena begann von neuem: »Du konntest damals leider nicht helfen. Du hast nur gesagt, du hättest Viktoria eine Weile schon nicht mehr gesehen.«

Ellen nickte wieder.

»Seither ist viel Zeit vergangen«, fuhr Verena fort. »Mag sein, dass man aus heutiger Sicht Dinge anders beurteilt, in einem anderen Licht sieht oder dass man keine Rücksichten mehr nehmen muss. Kannst du dich an die letzte Begegnung mit Viktoria erinnern?«

»Nein. Eines Tages war sie weg. Ich weiß beim besten Willen nicht mehr, wann ich sie zuletzt gesehen habe.«

»Habt ihr nie darüber gesprochen, wie es sein würde, alles hinter sich zu lassen, alle Brücken hinter sich abzubrechen?«

Ellen wurde unruhig. Ihre Kinder auch.

»Doch schon. Aber das war doch alles nur theoretisch. Schwärmereien. Keiner von uns hat es geschafft auszusteigen. Schau mich an .... und so geht es den meisten von damals. Bis auf Hardy, der ist noch weiter abgerutscht, der konnte dem Zeug nicht widerstehen. Ich glaube, er ist in Hamburg unter die Räder gekommen. Bin mir aber nicht sicher. Hab' das nur gehört. Und Viktoria, von ihr wusste damals niemand, wo sie abgeblieben war.«

»War da jemand in der Clique, mit dem sie besonders befreundet war, außer mit Leon?«

Ellen überlegte.

»Nein, sie hat nur Augen für Leon gehabt. Sie waren sogar heimlich verlobt. Es war ihr ziemlich ernst mit ihm.«

Ellen steckte sich eine Zigarette an.

»Was sagst du? Heimlich verlobt?« Verena war wie vom Donner gerührt.

»Ja, sie waren verlobt. Ich hab's keinem sagen dürfen. Hab's bis zum heutigen Tag für mich behalten«, entgegnete Ellen nicht ohne Stolz.

»Willst du auch ein Glas?« Mit dieser Frage stand Ellen auf und ging an den Schrank.

»Nein, danke«, antwortete Verena und schaute dabei reflexartig auf ihre Uhr, was ihr im gleichen Moment schon Leid tat.

»Also ich kann jetzt einen vertragen.« Ellen goss sich Wodka in ein altes Senfglas und setzte sich wieder. Der Säugling schrie wieder.

»Willst du nicht nach deinem Kind sehen?«

»Ach, der beruhigt sich schon wieder.«

Ellen entspannte sich nach dem dritten Schluck. Und gerade, als Verena aufstehen wollte, nach dem schreienden Kind zu sehen, fing Ellen wieder an zu reden.

»Da ist noch was, was niemand wissen sollte. Ich hab's auch nur erfahren, weil ich zufällig einen Streit zwischen Viktoria und Leon mitbekommen habe.«

Ellen zog an ihrer Zigarette und nahm den nächsten Schluck Wodka, und das fast gleichzeitig. »Viktoria war schwanger. Von Leon.«

Verena hatte Mühe zu begreifen, was Ellen da gerade gesagt hatte. Wie betäubt und unfähig, Fragen zu stellen oder zu denken, starrte sie Ellen an, die fortfuhr: »Leon wollte das Kind nicht. Und Viktoria wollte es nicht wegmachen lassen. Sie haben oft gestritten deshalb.«

»Warum wollte Leon das Kind nicht?«, frage Verena, als sie sich einigermaßen gefangen hatte.

»Er wollte die Verantwortung für ein Kind nicht übernehmen. Die war ihm zu groß.«

»Aber warum haben sie sich dann verlobt?«

»Ich glaube, das war nur so eine romantische Idee ganz am Anfang ihrer Beziehung. Sie waren halt sehr verliebt gewesen, die zwei. Aber bei Leon hat es schnell nachgelassen. Und wie du weißt, hatte er ja schnell 'ne andere.«

Ellen schaute Verena direkt ins Gesicht.

»Ich hatte keine Ahnung«, sagte Verena leise.

Der Säugling hatte aufgehört zu schreien, dafür machten die übrigen Kinder umso mehr Lärm.

»Weißt du, was aus dem Kind geworden ist?«, fragte Verena.

»Keine Ahnung.«

Die Wohnungstür wurde aufgeschlossen. Ellen erschrak. Schnell schob sie Verena das Senfglas zu, drückte die Zigarette aus und huschte ins Kinderzimmer. Ein Mann kam herein. In Trainingshose und T-Shirt stand er vor Verena und sagte, er heiße Jürgen.

Verena erhob sich, gab ihm die Hand und stellte sich ebenfalls vor. Dann ging sie ins Kinderzimmer, wo sie die drei älteren Kinder mit großen Augen und offenen Mündern anstarrten.

»Glotzt die Tante nicht so an«, fuhr Ellen sie an, und zu Verena sagte sie: »Besser, wenn du jetzt gehst.«

Verena verabschiedete sich und verließ die Wohnung.

Außerstande zu fahren, ihr Auto auch nur zu starten, saß sie wenig später in ihrem Käfer und starrte durch die Windschutzscheibe ins Leere.

›Viktoria war schwanger von Leon. Was für eine Scheiße, was für eine ganz große Scheiße.‹

Sie legte ihren Kopf auf das Lenkrad und schloss die Augen.

Sie überlegte, wie viel Zeit zwischen Leons Trennung von Viktoria und ihrem Verschwinden gelegen hatte. Es waren höchstens ein paar Wochen gewesen. Man hatte ihr die Schwangerschaft noch nicht angesehen. Was war aus dem Kind geworden? Hatte sie es überhaupt bekommen? Verena stieg aus dem Wagen. Sie brauchte Luft.

Leon hatte es auch bei ihr nicht lange ausgehalten. Er hatte auch mit ihr bald Schluss gemacht, aber da war Viktoria schon weggewesen.

Verena holte ihr Handy aus der Manteltasche und rief Benno an.

»Nichts Neues, Chefin. Die Observierungen laufen, bisher ist alles ruhig«, sagte er. »Wann sind Sie zurück? Wir müssen morgen Nachmittag eine Schicht bei Vinzenz Kreuzinger übernehmen.«

»Rechtzeitig. Ruf an, wenn sich was tut.« Verena legte auf. Dann rief sie sich in Erinnerung, wo Leon seinerzeit gewohnt hatte, und fuhr los.

Später stieg sie in die dritte Etage eines unscheinbaren Hauses direkt an der Schwebebahnhaltestelle Döppersberg und sah, dass auf dem Schild an der Wohnungstür ein unbekannter Name stand. Verena klingelte an der Nachbartür und erfuhr, dass die Mutter mit einem Amerikaner nach Wiesbaden gezogen war und dass der Sohn Leon Familie habe und in Langerfeld wohne. Die Frau konnte Verena sogar die genaue Adresse geben. Und so fuhr Verena nach Langerfeld, fand die richtige Straße, in der die Häuser einander glichen, als wären sie geklont, und parkte vor dem Haus mit der Nummer 21 B. Sie schaute auf die Uhr. Es war dreiviertel eins. Möglicherweise war Leon bei der Arbeit. Verena stieg aus, ging durch einen planlos angelegten Vorgarten und klingelte. Als der Türöffner summte, betrat Verena das Treppenhaus. Im ersten Stock war eine junge Frau auf den Flur hinausgetreten und schaute nach unten. In der einen Hand hielt sie ein Spültuch, mit dem sie sich jetzt eine Strähne aus dem Gesicht schob, mit der anderen Hand umklammerte sie den Arm eines kleinen Mädchens, das vergeblich versuchte, sich dem Griff zu entziehen. Es zappelte wie ein Fisch, der am Angelhaken hing, und schrie nach Leibeskräften.

»Ich möchte gerne mit Leon sprechen. Kann ich ihn hier finden?«, fragte Verena, als sie oben angelangt war. Die ganze Zeit hatte sie über einen Einleitungssatz nachgedacht. Es war ihr nichts Besseres eingefallen.

»Sie suchen Leon?« Die Frau lachte. »Da haben wir das gleiche Schicksal. Kommen Sie rein.« Sie ging in die Wohnung zurück, Verena folgte ihr. »Wenn Sie etwas Zeit haben, können Sie gleich mitessen. Es gibt Hühnerfrikassee. Wann hat er Sie denn sitzen lassen?«, rief sie aus der Küche.

Gerade noch hatte Verena überlegt, ob sie Hunger auf Hühnerfrikassee hatte, als die letzte Frage wie ein Wurfgeschoss auf sie zukam.

Das Mädchen hatte aufgehört zu schreien. Es saß am Küchentisch und spielte mit Kartoffelschalen.

»Das ist eine alte Geschichte, über die ich mit ihm reden müsste«, sagte Verena.

»Leon ist seit vier Monaten weg. Keine Ahnung wohin. Und so bin ich auch eine alte Geschichte. Wie alt ist Ihre Geschichte?«

»Es geht nicht um mich. Ich …«

»Haben Sie sich etwa auch ein Blag andrehen lassen?«

»Nein. Ich kenne Leon aus der Schulzeit. Ich …«

»Ich möchte nicht wissen, was Sie mit Leon verbindet. Es interessiert mich nicht. Leon ist ein verantwortungsloses Schwein. Er hat mich mit der Kleinen sitzen lassen und zahlt keinen Cent Unterhalt. Und da verlangen Sie von mir, dass ich mir Ihre alten Geschichten anhöre?«

»Keineswegs …«

»Hoffentlich bleibt er beim Teufel. Da ist er in bester Gesellschaft. Und jetzt gehen Sie bitte. Jacqueline regt sich schon auf.«

Das Mädchen hatte angefangen, die Kartoffelschalen in das Nutellaglas zu stopfen.

27 Heiner Friedweiler trat vor die Haustür und zündete sich eine Zigarette an, obwohl er wusste, das sie seine innere Unruhe nicht vertreiben würde. Seit die Kommissarin dagewesen war und ihn nach Diana gefragt hatte, hatte ihn die Nervosität nicht mehr verlassen.

Hella, seine Frau, war wieder schwanger. Sie wussten es seit drei Wochen. Hella freute sich, und er brachte es nicht übers Herz, sie mit seiner Ablehnung zu enttäuschen. Sie war zwar irritiert gewesen, als er angefangen hatte zu rauchen, doch dann hatte sie sich wieder der Vorfreude auf das fünfte Kind gewidmet.

Friedweiler schaute der Schwade aus kondensiertem Atem und Zigarettenqualm zu, wie sie aufstieg und sich in nichts auflöste.

›Was ist Rauch, und was Atem? Und wer bin ich? Ehemann? Familienernährer? Fünffacher Vater? Was kauert unter diesem Ballast?‹ Heiner zwang sich wie so oft, nicht daran zu denken, wie aufrecht er stehen und wie frei er atmen könnte, würde ihm jemand diese Wackersteine von den Schultern nehmen.

Seufzend schaute er auf die Uhr, er musste los. Die Arbeit als EDV-Administrator bei der Stadt hatte ihn nie ausgefüllt. Er wäre lieber Pianist geworden. Aber als die Schulnoten während seiner Pubertät in den Keller gerutscht waren, hatte seine Mutter die Situation falsch eingeschätzt und ihm das Klavierspielen verboten, in der irrigen Annahme, dies würde ihn wieder zu eifrigerem Lernen hinlenken. Der Vater hatte – wie stets – nichts dazu gesagt.

Nach dem Abitur hatte Heiner Friedweiler sich verschiedene Musikhochschulen angesehen in der festen Überzeugung, dass dies sein weiterer Lebensweg sein würde. Und wieder hatte ihm die Mutter einen Strich durch die Rechnung gemacht. Mit der fatalen Unkenntnis seiner Bedürfnisse und in dem Glauben, für ihren Sohn das richtige zu tun, hatte sie ein Informatik-Studium für ihn bestimmt. Etwas Bodenständiges habe er zu lernen; auf dem Klavier herumzuklimpern würde keine Familie ernähren. Das könne ja wohl nicht sein Ernst sein! Und außerdem würden Computer die Zukunft bedeuten. Und so studierte Heiner

Friedweiler Informatik, fand im Anschluss eine Anstellung bei der Stadtverwaltung und tat seither nichts anderes, als die behördlichen EDV-Systeme zu hegen.

Hella hatte er vor acht Jahren bei einem Klavierabend kennengelernt. Über ihr Interesse für die Musik waren sie sich nähergekommen. Heiners Mutter ging Hella so weit wie möglich aus dem Weg, da diese sie bei jeder Gelegenheit spüren ließ, unerlaubtes Terrain betreten zu haben. Bald schon beruhte die Abneigung auf Gegenseitigkeit, und so beschränkten sich die Familienfeiern auf die unausweichlichen Termine wie Geburtstage, Ostern und Weihnachten.

Mit der Zeit aber begann Heiner die bevormundende Art seiner Frau auf die Nerven zu gehen. Er ertrug es nur noch schwer, wie sie die Tage und Wochenenden plante, für ihn mitdachte, ihre Energie nie zu versiegen schien und sie sich förmlich über ihn stülpte. Und als er zum ersten Mal mit dem Gedanken gespielt hatte, sich von ihr zu trennen – ein sehr erleichterndes Gefühl, was ihn verblüfft hatte – da hatte sie ihm freudestrahlend mitgeteilt, dass er Vater werden würde. Erwartungsfroh hatte sie auf seine Reaktion gewartet. Heiner Friedweiler hatte Freude geheuchelt und sich gefügt.

Er warf seine noch nicht zu Ende gerauchte Zigarette in das mit Regenwasser gefüllte Gurkenglas hinter dem großen Stein, der zwischen Treppe und Rosenbeet lag. Er ging ins Haus zurück, zog Schal und Mantel an, nahm seine Aktentasche und rief in Richtung Küche: »Ich geh' dann.« Kurz nachdem die Haustür hinter ihm zugefallen war, wurde sie wieder geöffnet. Im Morgenrock und mit ungekämmten Haaren erinnerte ihn Hella an den Elternabend für Rachel, die Zweitälteste, heute um halb acht. Schon auf dem Weg zur Garage, hob er als Antwort lediglich die linke Hand.

*

Wenig später lag Heiner Friedweiler rücklings unter Frau Imhoffs Schreibtisch, die Beine gespreizt und angewickelt, was ihm etwas Ungelenkes verlieh. Er hatte den behördlichen Auftrag, ihren abgestürzten Rechner wieder in Gang zu bringen, an den nicht anders heranzukommen war als eben in dieser käferartigen Haltung. Frau Imhoff war die stellvertretende Abteilungsleiterin der Innenrevision, eine dralle Mitdreißigerin, die durch ihr hübsches Äußeres und ihre offene Art bei allen beliebt war. Heiner Friedweiler musste zugeben, gerne unter ihrem Schreibtisch zu liegen. Er mochte sie und fand ihre Körperformen sehr erotisch, vor allem aus der momentanen Perspektive. Frau Imhoff war trotz der Enge unter ihrem Schreibtisch auf ihrem Stuhl sitzen geblieben, und ihre Knöchel berührten jetzt Heiners Hüfte, der durch diese Berührung wie elektrisiert war.

Als er nach der Mittagspause, die er meistens mit dem Kollegen Janssen verbrachte, den er um seine Unabhängigkeit beneidete, denn der war unverheiratet und gedachte, das auch zu bleiben, wieder in seinem Büro saß, hatte er die nächsten Aufträge schon auf dem Tisch. In der Personalabteilung sollte er zwei defekte Drucker reparieren, außerdem sollte er den Rechner der Sekretärin des Geschäftsführers mit einem Update versehen. Seit die Einführung eines neuen Kalkulationssystems vor drei Jahren abgeschlossen war, schlug er sich mit solchem Kleinkram herum. Gerade als er sich düsteren Gedanken hingeben wollte, klingelte sein Handy. Er nahm ab und war einigermaßen überrascht, als er erkannte, wer am anderen Ende der Leitung war. Er hörte eine Zeitlang wortlos zu, grinste hier und da und antwortete schließlich: »Ja, gerne.« – »Ja, ich mich auch.« – »Neun? Ist zu früh, ich muss noch …« – »Ja, elf ist besser.« – »Bis dann.«

Er legte auf. Seine Hände waren schweißnass. Sein Herz klopfte. Er öffnete die unterste Schreibtischschublade, holte die Cognacflasche heraus und nahm einen großen Schluck. Die Möglichkeit, dass jeden Moment jemand in sein Büro kommen konnte, ließ er ebenso außer Acht wie die Tatsache, dass er für den Rest des Tages eine Alkoholfahne haben würde. Er blieb noch bis fünf im Büro. Sein Diensttelefon hatte ein paar Mal geklingelt. Er hatte es ignoriert. Er würde schon eine Erklärung dafür finden, falls morgen jemand nachfragte. Mit der Aktentasche, aus deren vorderem Fach der Joghurt herausragte, den ihm Hella jeden Morgen dort hineinsteckte, unter dem Arm machte er sich auf den Heimweg.

Hella war in der Küche und machte Abendbrot, als er wenig später sein Haus betrat. Der weite Strickpulli hing ihr formlos vom Körper herab. Ihre Beine steckten in ausgebeulten Leggins.

»Wo sind die Kinder? Es ist so ruhig!«, rief er in die Küche.

»Bei Freunden, beim Turnen, beim Reiten, du kennst das doch. Gleich hole ich sie ab. Oder besser, du holst sie ab, Liebling.«

Ohne zu antworten, ging er nach oben ins Bad. Er zog sich aus, drehte die Dusche auf und stellte sich unter den warmen Wasserstrahl. Er dachte an Frau Imhoff, an die Berührung ihrer Knöchel an seiner Hüfte. Er begann, sich einzuseifen. Als Hella vorsichtig die Badezimmertür öffnete, um zu sehen, wo er so lange blieb, waren Fenster, Spiegel und Kacheln vom heißen Wasserdampf beschlagen, und es hatten sich dicke Tropfen gebildet. Heiner Friedweiler duschte sich schnell die Seife vom Körper und begann sich abzutrocknen, als er seine Frau bemerkte.

»Ich fühle mich etwas erkältet«, sagte er. Ohne weiter auf ihren irritierten Blick zu achten, zog er sich an.

»Es wird Zeit, die Kinder einzusammeln. Dann reicht's dir gerade noch, mit uns zu essen, bevor der Elternabend anfängt.«

Er schloss kurz die Augen.

»Und morgen Abend ist der Elternabend für Lara-Sophia.«

»Kannst du nicht …?«

»In diesem Zustand?«, fiel Hella ihm ins Wort und schaute demonstrativ an sich herunter. »Wie stellst du dir das vor?«

Heiner sah auf ihren flachen Bauch. Ihm fiel kein triftiger Grund ein, warum seine Frau nicht hätte zum Elternabend gehen können. Sie war erst im vierten Monat, aber er hatte keine Lust, mit ihr zu diskutieren.

»In Ordnung«, sagte er nur.

Hella ging wieder nach unten.

28

Ramon Albani Heilpraktiker stand auf dem Türschild.

›So heißt doch kein Mensch‹, dachte Verena, als sie auf die Klingel drückte. War sein richtiger Name etwa so unmöglich? Hielt er ihn für geschäftsschädigend? Als sich die Tür öffnete, stand ein gutaussehender Mittvierziger vor ihr. Groß, schlank, eine elegante Erscheinung in weißer Jeans und Polohemd. Mit höflicher Geste ging er voran in seine Behandlungsräume. Seine Bewegungen waren geschmeidig wie die eines Geparden, der durch das hohe Gras der Savanne schleicht. Lautlos, wachsam.

Ramon Albani hatte seine Praxis im Erdgeschoss eines Einfamilienhauses, das in der nobelsten Wohngegend Dortmunds lag. Das Viertel war geprägt von opulenten Villen in parkähnlich angelegten Gärten.

»Ich muss noch ein Telefonat zu Ende führen. Dann bin ich ganz bei Ihnen«, sagte er, nachdem Verena in einem der beiden Ohrensessel Platz genommen hatte, die sich vor einem Panoramafenster gegenüberstanden, das den Blick auf eine makellos gepflegte Grünanlage freigab.

Verena sah sich im Zimmer um. In nichts glich es einem Sprechzimmer. Kein Untersuchungsinstrument, kein Utensil, das an eine ärztliche Behandlung erinnerte. Stattdessen Antiquitäten, so weit das Auge reichte. Sie hörte den Mann im Nebenzimmer telefonieren. Er sprach mit weicher, eindringlicher Stimme. Lange Sprechpausen ließen vermuten, dass sein Gegenüber viel zu erzählen hatte. Ungeduldig schaute Verena auf die Uhr.

»Ich will gleich zur Sache kommen«, sagte sie, als der Mann zurückgekommen war und ihr Tee anbot. Kein Wort der Entschuldigung für die Wartezeit. Sie holte den richterlichen Beschluss aus ihrer Tasche und reichte ihm das Schreiben. »Ich muss Sie bitten, mir die Krankenakte von Viktoria Paul auszuhändigen.«

»Wie es aussieht, habe ich keine Wahl«, sagte Ramon Albani, nachdem er das Schreiben geprüft hatte. »Aber ich tue es nur unter Prostest. Das Wohl meiner Patienten liegt mir am Herzen.

Und sie – aus welchen Gründen auch immer – an die Polizei auszuliefern, bereitet mir Unbehagen.«

»Wann war Viktoria das letzte Mal hier?« fragte Verena ungerührt.

»Da Sie sich telefonisch angekündigt hatten, bin ich auf Ihren Besuch vorbereitet, Frau Hauptkommissarin«, sagte der Mann, stand auf und ging in das Nebenzimmer, in dem er vor wenigen Augenblicken telefoniert hatte.

›Warum liegt die Akte dann nicht schon hier vor mir auf dem Tisch?‹, dachte Verena grimmig.

Mit einer braunen Mappe in der Hand kam der Mann zurück, setzte sich wieder in den Sessel, der Verena gegenüberstand, und begann, in Viktorias Krankenakte zu blättern.

»Darf ich?«, sagte Verena und nahm ihm die Akte aus den Händen. Sie schlug die letzte Seite auf und las, daß Viktoria vor sieben Monaten zuletzt da gewesen war.

»Warum bricht die Behandlung hier ab?«, fragte sie und tippte mit dem Finger auf den letzten Eintrag.

»Das tut sie nicht«, antwortete Ramon Albani sanft. »Frau Paul war regelmäßig halbjährlich bei mir. Ich habe sie jeweils mit einem Vorrat an Tabletten für die nächsten sechs Monate versorgt.«

»Hatte sie noch Anfälle seit damals?«

»Dank der guten medikamentösen Einstellung nicht.«

»Leidet sie überhaupt an Epilepsie? Haben Sie sie gründlich untersucht?«

»Ihr Augenhintergrund spricht Bände!«

»Das heißt: nein?«

»Wollen Sie meine diagnostischen Methoden in Zweifel ziehen?«, fragte der Mann und hob seine gezupften Augenbrauen. Das mitleidsfähige Lächeln schien ihm ins Gesicht gemeiselt. Doch sein Blick war hellwach. Der Gepard blieb wachsam.

»Wie teuer sind die Tabletten?«, wollte Verena wissen.

»Ich beziehe sie aus Amerika. Sie kosten pro hundert Stück 448 Euro. Ich gebe sie gegen einen geringen Aufpreis an meine Patienten weiter.«

Verena atmete hörbar aus.

»Verstehe«, sagte sie. Sie schlug eine Seite der Krankenakte auf und hielt sie dem Mann entgegen. »Hier steht 630 Euro bezahlt. Ist das Ihr geringer Aufpreis?«

»Ich bin davon ausgegangen, als Zeuge gehört zu werden. Gibt es einen Zusammenhang zwischen Ihrem Fall und der Frage?« Sein Gesicht war entspannt, sein Ton freundlich.

Verena ließ die Akte sinken. Der Mann hatte recht. Scheinbar war keine Honorarvereinbarung getroffen worden. Und so gab es auch keine Handhabe gegen überhöhte Forderungen.

»Gut«, sagte Verena. »Ich finde hier nirgends eine Adresse ...!?«

»Über freiwillige Angaben hinaus verlange ich von meinen Patienten keine Auskünfte.«

»Und meine Schwester hat Ihnen nie eine Adresse genannt!«

Das war keine Frage, sondern eine Feststellung. Eine bittere Feststellung.

»Genauso ist es«, sagte der Mann .

»Gibt es in Ihrem Berufsstand nicht auch so etwas wie eine Dokumentationspflicht?«

Für einen Moment hielt der Gepard inne und spitze die Ohren. Von irgendwoher witterte er Gefahr.

»Warum sollte ich meine Patienten zu irgendetwas zwingen? Mir geht es darum zu heilen. Dafür brauche ich keine irrelevanten Daten.«

»Wie wurden die Rechnungen beglichen?« Im dem Moment, als Verena die Frage gestellt hatte, kannte sie die Antwort bereits. Natürlich verlangte er sein Honorar cash auf den Tresen.

»Ich vereinbare mit meinen Patienten eine unmittelbare Entlohnung meiner heilerischen Fähigkeiten.«

»Es ist also so«, fasste Verena zusammen, »dass Viktoria Sie zweimal im Jahr aufgesucht hat, und Sie haben sich nie ihre Adresse oder Telefonnummer notiert?«

Verena hatte Mühe, ihren Unmut zu unterdrücken.

»Ja.«

»Gibt es weitere Unterlagen außer diese Akte hier?«

»Aus welchem Grund sollte ich Ihnen etwas vorenthalten? Ich habe nichts zu verbergen«, antwortete Ramon Albani in gleichbleibend einfühlsamem Ton.

»Hat Viktoria jemals hinterfragt, ob die Tabletten gut für sie sind? Oder ob sie noch notwendig sind?«

»Sie hat mir vertraut. Sie hatte keinen Grund, es nicht zu tun.«

Verena stand auf. Hier würde sie nichts mehr erfahren. Sie gab dem Mann mit dem synthetischen Namen, der seine unbescheidene Existenz ganz offensichtlich gutgläubigen Menschen zu verdanken hatte und der Fragen gern mit einer Gegenfrage beantwortete, die Hand und verabschiedete sich knapp.

*

›Am Ende waren ihre Anfälle rein pubertär und wären ohnehin nicht mehr aufgetreten. So hätte sie diesem Heiler jahrelang eine Menge Geld in den Rachen geworfen‹, dachte Verena, als sie sich auf der A1 von Dortmund nach Wuppertal befand. Sie verspürte große Lust, diesen Handaufleger samt seinen amerikanischen Pillen überprüfen zu lassen. Dann fiel ihr wiederum kein Grund ein, warum sie Zeit und Energie für einen Nebenkriegsschauplatz verschwenden sollte. So wie die Dinge standen, kamen ganz andere Probleme auf sie zu.

Es begann zu dämmern. Und mit zunehmender Dunkelheit wurde der Regen stärker. Verena schaltete das Licht ein. In weniger als einer halben Stunde würde sie es mit durch den nassen Asphalt grellem Gegenlicht und einem Scheibenwischer zu tun haben, der es mit seinen stoischen Bewegungen kaum schaffte, die Scheibe freizubekommen. Verena ärgerte sich darüber, dass sie Ramon Albani so viel Zeit gewidmet hatte.

*

Am nächsten Morgen lenkte sie ihren Wagen durch Wuppertals Straßen Richtung Autobahn. Ihre Reisetasche lag auf dem Rücksitz. Wie damals vor vielen Jahren, als sie ihr Elternhaus verlassen hatte, um an der Polizeiakademie Hannover ihre Polizistenlaufbahn zu beginnen, empfand sie auch heute dieses Gefühl der unendlichen Freiheit. Dabei fuhr sie lediglich zurück in ihr eigenes Leben. Aber manche Eindrücke brennen sich so tief in die Erinnerung, dass sie ein Leben lang abrufbar sind. Auch ungefragt.

Später hielt sie an einer Raststätte bei Darmstadt an, um Benno anzurufen.

»Alles o.k. bei euch?«, fragte sie.

»Ja. Die Beschattungen laufen. Bis jetzt ist alles ruhig. Und bei Ihnen?«

»Nichts, was uns im Moment weiterbringt. Ich bin in ungefähr zwei Stunden da. Bis gleich.«

Verena war nicht danach, Benno zu erzählen, was sie in Wuppertal erfahren hatte, und schon gar nicht am Telefon.

Zwei Stunden später traf sie Benno im Büro an.

»Setz mich ins Bild, Benno. Wer ist wo im Einsatz?«

»Willsch und Wagner haben Pause, Kramer und Endres sind bei Dr. Gürzenich, Luchs und Schultheis bei Kreuzinger, Schröder und Eggert bei Friedweiler, Leibßle und Unger stehen vor Zuckers Haus.«

»Wie hat eigentlich Dr. Meininger die Männer eingewiesen, Benno?«

Benno verstand nicht.

»Ich meine, was hat er gesagt, worauf bei der Observierung zu achten ist? Wohl kaum: Achtet auf eine Frau, die Eurer Chefin ähnelt. Das ist diejenige, die wir suchen.« Verena blieb das Lachen fast im Halse stecken.

»Dass sie auf alles Ungewöhnliche achten sollen, vor allem wenn sich die Frau auf dem Phantombild zeigt. Er hat das Bild an alle verteilt. Es ist auch dieses Mal keiner stutzig geworden. Beobachten und nur im Notfall eingreifen, hat er noch gesagt. Das war's.«

»Gut.« Verena streckte ihren Rücken, zählte bis sechs und löste die Spannung wieder. »Hat die Fahndung schon was ergeben?«

»Nichts. Auf die Veröffentlichung im Fernsehen haben eine Menge Leute angerufen. Leider nichts Konkretes bis jetzt.«

Verena nickte. »Wer muss als Nächstes abgelöst werden?«, fragte sie, woraufhin Benno einen Plan aus seiner Schublade holte. »Wir übernehmen um fünf Luchs und Schultheis bei Kreuzinger«, entgegnete Benno.

Verena stand wortlos auf und ging ins Besprechungszimmer, um sich einen Kaffee zu holen, den die Sekretärin jeden Morgen aufsetzte. Sie füllte sich die größte Tasse, die sie finden konnte, randvoll. Dann setzte sie sich an ihren Platz, rieb die brennenden Augen, legte den Kopf in beide Hände und schloss die Augen. Das Brennen ließ etwas nach.

*

Der Besuch bei ihrer Mutter war nicht gut weitergegangen. Verena war am Abend von Ramon Albani zurückgekommen. Ihre Mutter hatte in der Küche gesessen und auf sie gewartet. Sie hatte bereits Pläne geschmiedet und in der Tageszeitung das Kinoprogramm studiert. Als Verena heimgekommen war und ihr sagte, dass sie lieber zu Hause bleiben würde, war ihre Mutter einigermaßen enttäuscht gewesen. Sie hatte sich ins Schlafzimmer zurückgezogen, um zu bügeln und zu schmollen.

Auf Verenas Angebot, etwas zu kochen, winkte die Mutter ab, ging stattdessen in den Keller und holte Fleisch aus der Tiefkühltruhe, um es für den Abend aufzutauen.

Den Wein hatte Verena abgelehnt. Das Essen war gut gewesen, Verena lobte die Kochkünste ihrer Mutter, die so tat, als sei das nicht der Rede wert. Bis halb zehn war das Gespräch noch immer nicht in Gang gekommen. Ihre Mutter hatte wie beiläufig erwähnt, dass der Vater am Vormittag aus dem Büro angerufen habe.

»Und was wollte er?«, hatte Verena in gereiztem Ton gefragt.

»Wissen, wie es mir geht«, antwortete die Mutter mit triumphalem Unterton. Verena sah in ihren Augen Freude und Genugtuung. Da war wohl nichts mehr zu machen!

Und da ihre eigenen Gedanken ständig um Ellen, um Viktoria, um die Schwangerschaft, um Leon kreisten, gähnte sie um halb elf demonstrativ und ging in ihr altes Kinderzimmer. Sie musste nachdenken und brauchte Ruhe. Ihrer Mutter konnte sie ohnehin nicht helfen, da sie auf ihre Meinung offensichtlich keinen Wert legte und ihre Ratschläge in den Wind schlug.

29 »… dass alle Kinder ein Pausenbrot dabeihätten, fände ich sehr wichtig.«

Der Mann mit den langen Haaren, Nickelbrille und verschlissenem Jackett, der der Vater irgendeines Kindes aus der Klasse war, unterstrich das Wort *alle* mit einer weit ausholenden Geste. Heiner Friedweiler schaute auf seine Uhr. Er war angespannt. Zum wiederholten Male rechnete er sich aus, wie lange er zum Kirchentellinsfurter Baggersee brauchen würde, und er kam wieder zu demselben Schluss, nämlich dass er den Elternabend vorzeitig würde verlassen müssen. Als sie ihn gestern im Büro angerufen und ihm gesagt hatte, sie wolle ihn unbedingt sehen, hatte er sich geschmeichelt gefühlt. Er konnte etwas Abwechslung gebrauchen. Und so hatte er zugesagt.

Der Klassenraum war grell erleuchtet. Es roch nach Kreide und alten Holzbänken. Die kleinen Stühle waren unbequem und ließen die eingerosteten Knie der Eltern schmerzen.

Die Pausenbrotdebatte war in vollem Gange. Während der letzten fünfundvierzig Minuten hatten sich drei Fraktionen gebildet. Die eine Fraktion, vertreten durch eine junge Mutter, die sich für Friedweilers Geschmack zu liberal gab, eine gleichgültig wirkende Enddreißigerin, die sich mehr aus Verlegenheit als aus Überzeugung für eine Seite entschieden hatte, und den Nickelbebrillten im Jackett, vertrat die Meinung, dass jedes Kind von der Schule ein Pausenbrot bekommen müsste, um Mangelernährung vorzubeugen, und – was noch wichtiger sei – mit identischem Belag, um Ausgrenzungen zu vermeiden. Über die Kosten wäre dann gesondert zu diskutieren.

Entschieden hatte die andere Gruppe, bestehend aus zwei befreundeten Frauen, die den ganzen Abend schon miteinander geschwatzt hatten, diesen, wie sie es nannten, Versuch der Gleichmacherei von Individuen abgelehnt. Die dritte Fraktion bildete ein Vater Mitte zwanzig in Jeansjacke und mit ungekämmtem Haar, der mit der lapidaren Aussage, es könne doch auch ein Bäcker in die Schule kommen und Pausenbrote verkaufen, sich zurücklehnte, auf seine Uhr schaute und somit zu verstehen gab, dass er gerne zum nächsten Tagesordnungspunkt kommen würde. Frau Adalbert, die Klassenlehrerin, eine freundliche Frau mittleren Alters, deren falsche Zähne etwas zu groß geraten waren, war nun ebenfalls bemüht, das Thema zu Ende zu bringen.

»Nun wollen wir aber zum nächsten Punkt kommen, meine lieben Eltern. Denn das Pausenbrot war ja eigentlich heute Abend kein vorgesehener Tagesordnungspunkt.«

Die Fraktionen akzeptierten.

Frau Adalbert schaute herausfordernd in die Runde.

»Wie Sie alle wissen, liebe Eltern«, fuhr sie fort, »sind Herr und Frau Bäuerle mit dem kleinen Jan-Florian nach Ravensburg gezogen. Und deshalb ist die Klasse jetzt ohne Elternsprecher. Wir müssen also heute Abend neue Elternsprecher wählen.«

Schweigen.

Manche betrachteten die Tischplatten vor sich mit den phantasievoll eingeritzten Botschaften ihrer begabten Kinder, andere starrten in die Luft oder aus dem Fenster in die dunkle Nacht, als ob es da draußen etwas zu sehen gäbe. Aber alle vermieden es, auf irgendeine Weise aufzufallen. Heiner Friedweiler schaute auf die Uhr. Kurz vor halb elf. Er *musste* jetzt los. Doch er traute sich nicht, in dieser angespannten Stille aufzustehen. Er begann zu schwitzen.

»Nun, liebe Eltern«, herausfordernd ließ Frau Adalbert ihren Blick in die Runde schweifen, »haben Sie Mut!«

Sie war um einen aufmunternden Tonfall bemüht.

Heiner Friedweiler schwitzte in die Stille hinein.

Irgendwo piepte ein Handy oder eine Armbanduhr.

Dann fasste sich Heiner Friedweiler ein Herz und stand auf.

»Oh, das finde ich prima, Herr Friedweiler.« Frau Adalbert stand ebenfalls auf.

»Ähem, nein, Frau Adalbert. Sie missverstehen mich. Ich muss leider schon gehen, ich habe noch andere … Termine heute …, es tut mir Leid.« Dabei schaute er demonstrativ auf seine Armbanduhr. Er verbeugte sich in Richtung der übrigen Anwesenden, murmelte ein »'n Abend zusammen« und ging aus dem Zimmer. Dabei beglückwünschte er sich für seine strategische Weitsicht, einen Platz in direkter Nähe zur Tür ausgesucht zu haben.

*

Willsch drehte den Zündschlüssel herum, als er sah, dass Heiner Friedweiler in sein Auto stieg. Er stieß Wagner an und sagte: »Es geht los, aufwachen. Und nachher setzt du dich zur Abwechslung ans Steuer. Dann kann ich vielleicht auch ein bisschen schlafen.«

Er war mürrisch und müde. Seit zwei Uhr war er mit Wagner an Friedweiler dran. Lieber hätte er mit einem anderen Kollegen Dienst gemacht. Wagners eigennützige Art ging ihm schon lange auf die Nerven.

Sie folgten Friedweiler die Weinsteige hinauf Richtung Degerloch.

»Verstehst du das? Er fährt nicht nach Hause«, sagte Willsch. Wagner grunzte und rekelte sich. Willsch stieß ihn nochmals heftig an.

»Aufwachen jetzt! Hier tut sich was. Friedweiler fährt *nicht* nach Hause.«

»Wo sind wir überhaupt?«, fragte Wagner, nachdem er ausgiebig gegähnt hatte.

»Hättest du nicht geschlafen, wüsstest du, wo wir sind. Vor uns ist Friedweiler, und er fährt *nicht* nach Hause. Wir fahren im Moment auf der Weinsteige stadtauswärts.«

»Vielleicht muss er noch Zigaretten holen. Oder er besucht jemanden.«

»Möglich«, brummte Willsch.

»Bist du sicher, dass das vor uns Friedweiler ist?«

Willsch antwortete mit einem Schnauben.

Seit jeher widerstrebte es ihm, Auto zu fahren, diese unberechenbaren Vehikel durch die Straßen zu lenken. Wegen seiner Körperfülle hatte er hinter dem Lenkrad zu wenig Platz, außerdem sah er nachts nicht so gut. Aber er hatte sich von Wagner wieder einmal überreden lassen.

»Ich werd' mal die Chefin anrufen und mit ihr die Lage besprechen, fahr' du in der Zwischenzeit nicht zu dicht auf. Nachher bemerkt uns Friedweiler noch.«

Wagner holte sein Handy aus der Tasche und wählte Verenas Nummer.

*

Sie lief im Zimmer auf und ab und versuchte, ihre Nervosität im Zaum zu halten. Zum wiederholten Male griff sie nach der leeren Zigarettenschachtel, um sie dann fluchend in die Ecke zu werfen.

Als sie ihn gestern angerufen hatte, um ihn zu einem Treffen zu bitten, hatte sie eigentlich damit gerechnet, dass er ablehnen würde. Aber ihre Andeutung, dass sie etwas von ihm habe, von dem sie sicher sei, dass er es wiederhaben möchte, hatte ihn schließlich überzeugt. Was ein schlechtes Gewissen doch so alles bewirkt!

Am Vormittag hatte sie sich die Haare gefärbt, die jetzt wieder blond waren. Dann hatte sie den schwarzen Trainingsanzug aus der Reinigung geholt, den sie sich gerade anzog. Sie packte ihre Utensilien in den Rucksack, nicht ohne sie vorher nochmals zu testen. Das Elektroschockgerät summte knisternd, als sie es einschaltete. Dann unternahm sie einen erneuten Versuch, in den Ecken und Winkeln ihres Zimmers eine Zigarette zu finden, wieder ohne Erfolg. Auch die Kleidung von Smyrnak, vom Golfer und vom Professor hatte sie nochmals durchsucht. Hätte ja sein können!

Als die Sektflasche, die im Waschbecken im Wasser kühlte, in ihr Blickfeld geriet, war sie für einen Moment versucht, sie zu öffnen und sich einen Schluck zu genehmigen. Aber sie widerstand. Das gab's erst nachher zur Belohnung. *Nach* getaner Arbeit!

*

Verena parkte den Dienstwagen vor Vinzenz Kreuzingers Haus. Neben ihr saß Benno. Vor wenigen Augenblicken war die schwere Haustür hinter Kreuzinger und seiner Mutter ins Schloss geglitten. Minuten später war das Licht in der Wohnung im dritten Stock angegangen.

»Ich glaube, hier passiert nicht mehr viel«, sinnierte Benno.

»Wäre auch reichlich unnatürlich«, gab Verena zurück.

Es dauerte eine Weile, bis Benno begriff.

»So hab' ich das nicht gemeint«, tat er entrüstet. »Aber im Ernst, jetzt gibt's noch einen Schlaftrunk, vielleicht macht sie ihm ein Glas Milch mit Honig. Dann geht's ab in die Heia.«

»Aber wenn Mutti erst einmal schläft, kann Sohnemann endlich die Dinge tun, die er sich sonst verkneifen muss.«

Verena holte die Lucio Dalla-CD aus ihrer Handtasche, fragte noch kurz »Stört's dich?«, bevor sie sie einlegte und ihr Lieblingslied wählte: *Anna e Marco*. Lucio begann zu singen. Verena summte leise mit, ohne die Worte zu verstehen. Sie bedauerte, dass sie so wenig Italienisch verstand.

»Trauriges Lied«, sagte Benno, als es zu Ende war.

Verena sah ihn verblüfft an.

»Leistungskurs Italienisch und Französisch. Ist noch was hängengeblieben«, tat Benno ab. Dann schaute er aus dem Fenster nach oben, sagte: »Jetzt ist es aus«, als er sah, dass in Kreuzingers Wohnung die Lichter gelöscht worden waren, und fragte wie beiläufig: »Gibt's eigentlich irgendwelche neuen Erkenntnisse seit Wuppertal?«

Verena lehnte den Kopf an die Nackenstütze und atmete tief ein. Sie betrachtete die vorbeifahrenden Autos, die Menschen, die darin saßen, die ihr ganz eigenes Schicksal hatten. Für wenige Augenblicke kamen die Autos dem ihren ganz nahe, nur Zentimeter trennten sie, und doch blieben diese Menschen Fremde für sie, sie entfernten sich genauso schnell, wie sie sich genähert hatten. ›Diese Menschen werden nie erfahren, dass ich sie wahrgenommen habe.‹

»Nichts Sachdienliches, Benno«, antwortete sie. Langsam drehte sie den Kopf zu ihm herüber und sah ihn an. Seine ebenmäßigen Gesichtszüge wirkten im Dämmerlicht wie gemalt.

Verenas Handy klingelt. Es war Wagner.

»Was gibt's?«

»Friedweiler fährt stadtauswärts Richtung B 27.«

»Was hat er vorher gemacht?«

»Er war in der Schule. War wohl 'n Elternabend oder so was.«

»Ist er allein?«

»Ja.«

»Sonst irgendetwas Ungewöhnliches?«

»Nein. Nichts.«

»Meldet euch, sobald sich was tut.«

Verena rief Schröder an, der mit Eggert Dr. Gürzenich beschattete.

»Alles ruhig, Chefin, der Doc ist zu Hause. Man kann alles gut beobachten, sie haben keine Gardinen, und die Fenster sind ziemlich groß. Vor zwei Stunden haben sie die Kinder ins Bett gebracht. War 'ne Riesenaktion. Danach haben sie gestritten. Sie kam ein paarmal rausgelaufen, er hinterher und hat sie wieder reingeholt. Im Moment sind sie nicht zu sehen. Aber verlassen hat das Haus niemand.«

Auch die übrigen Observierungen liefen ohne Besonderheiten.

Verena steckte ihr Handy wieder ein.

»Gesetzt den Fall, es *ist* Ihre Schwester und wir kriegen sie, Chefin. Werden Sie es fertigbringen, sie zu verhaften?«

»Ich weiß es nicht, Benno. Es ist meine Pflicht, es zu tun. Wenn ich vor der Entscheidung stehe, *muss* ich sie festnehmen. Schwester oder nicht. Oder ich gebe den Fall ab. Jetzt gleich. Die zwei Möglichkeiten hab' ich.«

Sie schwiegen wieder, während es in Kreuzingers Wohnung dunkel blieb.

*

Vinzenz Kreuzinger war es seit jeher gewohnt, geräuschlos und unauffällig durchs Leben zu gehen. Der ausgeprägte Kontrollzwang seiner Mutter hatte ihn schon als Kind diese Fähigkeit erlernen und perfektionieren lassen.

Als er im düsteren Flur, dessen momentan einzige Lichtquelle die Straßenlaterne war, die durch das Schlafzimmerfenster seiner Mutter hereinschien, an dem runden, in einen gusseisernen Rahmen eingefassten Spiegel vorbeikam, zwinkerte er sich kurz zu und lenkte dann seine Schritte Richtung Wohnzimmer. Er wagte kaum zu atmen, doch die imposanten Schnarchgeräusche seiner Mutter beruhigten ihn. Seine Taktik war aufgegangen. Mutter war sofort ins Bett gegangen und schnell eingeschlafen, das Buch war ihr auf die mächtige Brust gesunken. Im Laufe der Jahre hatte er sich Strategien zurechtgelegt, die ihm das Leben mit seiner Mutter erträglicher machten. So hatte er heute Abend im Restaurant mehr Trollinger als sonst für sich und seine Mutter bestellt und ihr sogar den ein oder anderen Obstler untergejubelt. Und nun schlief sie tief und fest, wie ihre durchdringenden Schnarchgeräusche bestätigten. Vorsichtig hatte er ihre Nachtischlampe ausgeschaltet und kurz innegehalten, ob eine Reaktion von ihr kam. Als dem nicht so war, hatte er auf Zehenspitzen das Schlafzimmer verlassen und die Tür hinter sich einen Spaltbreit offenstehen lassen.

Zwanzig Minuten wollte er warten, ob Mutter nicht doch wieder aufwachte. So saß er im dunklen Wohnzimmer und lauschte in die Nacht. Als die Zeit um war, ging er in den Flur, nahm seinen Mantel vom Gardarobenhaken und legte ihn sich über den Arm. Dann steckte er den Wohnungsschlüssel von außen ins Schloss, glitt hinaus und zog sachte die Tür hinter sich zu. Im Treppenhaus zog er den Mantel an und ging auf Zehenspitzen hinunter. Als er auf die Straße trat, atmete er die kühle Abendluft tief ein. Er schaute nach oben, es war alles dunkel. An der nächsten Kreuzung war ein Taxistand, auf den er jetzt zuging. Ein letzter Blick nach oben bestätigte ihm, dass seine Mutter tief und fest schlief. Er öffnete die hintere Tür des Taxis, stieg ein und nannte dem Fahrer eine Adresse. Der Taxifahrer, ein türkisch aussehender Mittvierziger mit dichtem Schnauzbart, verzog keine Mine und fuhr los.

*

Es herrschte wenig Verkehr auf der B 27. Heiner Friedweiler fuhr nicht sehr schnell. Er genoss die kleine Freiheit, die er sich heute wieder herausgenommen hatte. Hella würde zwar fragen, wo er so lange gewesen war, doch Elternabende können dauern. Außerdem konnte er ja anschließend noch mit jemandem ein Bier getrunken haben.

Auf Höhe Pliezhausen drosselte er das Tempo. Er wusste nicht mehr genau, wo die Ausfahrt zu den Seen war. Er musste sich konzentrieren. Ob sie schon da war? Dann dachte er wieder an Hella, was seine Vorfreude vorübergehend etwas trübte. Doch das schlechte Gewissen hatte er sich schon längst abgewöhnt. Jetzt fing es an zu regnen. Da Heiner Friedweiler zu Nachblindheit neigte, nahm er den Fuß noch mehr vom Gas und klebte fast mit der Nase an der Windschutzscheibe. Dann sah er die Ausfahrt langsam auf sich zukommen.

*

»Meine Güte, ist der blind?« Willsch hatte den Abstand vergrößert, um nicht aufzufallen. Heiner Friedweiler fuhr mit 40 Stundenkilometern vor ihm her. Aber insgeheim war Willsch froh darüber, denn er selbst hätte sich nicht getraut, schneller zu fahren.

»Ich ruf' die Chefin an. Ich glaube, er will zu den Seen«, sagte Wagner und griff zum Handy.

»Wir sind auf Höhe Pliezhausen, Friedweiler fährt extrem langsam, entweder er sucht die nächste Ausfahrt oder er ist stockblind.«

»Oder beides! Oder er hat euch bemerkt«, gab Verena zur Antwort.

»Glaub' ich nicht. Es regnet ziemlich stark. Da! Jetzt fährt er raus, er will zu den Seen, wie ich vermutet habe. Willsch, folg ihm. Lass ihn nicht aus den Augen.«

»Natürlich folg' ich ihm, was denn sonst?« Willsch verdrehte die Augen und schüttelte den Kopf.

»Fährt außer euch sonst jemand raus?«, fragte Verena.

»Nein. Es ist kaum Verkehr. Was macht Kreuzinger?«

»Der lässt sich gerade von einem Taxi stadtauswärts fahren. Ich vermute mal in den Club. Wir sind jetzt auf halber Höhe Weinsteige. Heute sind sie ganz schön rege, unsere Vögel.«

*

Das Taxi hatte vor dem Club gehalten, vor dem wie immer keine Autos geparkt waren. Vinzenz Kreuzinger zahlte und stieg aus. Er sah sich nach allen Seiten um und verschwand im Haus.

»Er erweckt den Eindruck, als ob er von der Welt nicht bemerkt werden möchte, er bewegt sich so … so auffällig unauffällig, er duckt sich fast«, sagte Benno.

»Könnte was dran sein«, gab Verena zurück, »aber mir kommt da gerade ein Gedanke.« Verena nahm ihr Handy und wählte die

Nummer des Bordells. Sie ließ sich mit Frau Radkovic verbinden und hatte sie nach einigen Minuten am Apparat. Und nach einem kurzen Gespräch legte Verena wieder auf.

»Hätte ja sein können, immerhin war er einer ihrer Stammfreier.«

»Wäre zu schön gewesen, Chefin.«

»Und zu einfach.«

*

Sie war weit vor der Zeit da gewesen und hatte ihren Wagen so abgestellt, dass sie den großen Parkplatz gut übersehen konnte, selber aber nicht entdeckt wurde. Ihre Utensilien lagen griffbereit auf dem Beifahrersitz. Sie genoss die Anspannung, die sie wach hielt, die sie das Leben spüren ließ, sich selbst spüren ließ. Sie hatte sich oft schon überlegt, womit sie – sollte ihre Liste erst einmal abgearbeitet sein – diese Spannung ersetzen konnte. Aber möglicherweise gab es keinen Ersatz für das hier. Der heftige Platzregen hatte unvermittelt wieder aufgehört. Sie stieg aus und sah sich um. Kein Mensch war zu sehen. Der Platz war spärlich beleuchtet. Dann näherte sich ganz langsam ein Auto.

*

Der vorhin so abrupt einsetzende Platzregen hatte genau so plötzlich wieder aufgehört. Langsam lenkte Heiner Friedweiler seinen Wagen über die schmale Straße Richtung Parkplätze. Es war kein weiteres Auto zu sehen. Die Parkplatzreihen waren von Bäumen flankiert, die etwas Sichtschutz boten. Heiner Friedweiler tippte auf Kastanien, war sich aber nicht sicher.

Etwas abseits direkt unter einem der großen Bäume stellte er seinen Wagen ab, stieg aus und blieb in der offenen Tür stehen. Er atmete die frische Nachtluft ein. Dann zündete er sich eine Zigarette an. Er griff in die Jackentasche und befühlte die beiden Plastikpäckchen, die er für alle Fälle immer bei sich hatte. Scharfe Kanten und in der Mitte sehr weich. In diesem Moment machten die Wolken ein wenig Platz und ließen den Mond für einen kurzen Moment hindurchscheinen. Heiner Friedweiler schaute sich um. Dann sah er sie auf sich zukommen. ›Wo hat sie denn ihren Wagen geparkt?‹, dachte er sich noch, dann hatte sie ihn schon erreicht.

*

Willsch hatte die Autoscheinwerfer ausgeschaltet. Die spärliche Beleuchtung der Straße musste genügen. Im Schritt-Tempo näherte er sich den Parkplätzen der Kirchentellinsfurter Baggerseen. Als er nicht mehr weiterfahren konnte, ohne gesehen oder gehört zu werden, hielt er an und machte den Motor aus. Willsch und Wagner steckten Handy, Fernglas und Taschenlampe in die Jackentaschen, prüften ihre Dienstwaffen und stiegen aus. So geräuschlos und so nah wie möglich schlichen sie an die Parkplätze heran. Sie fanden eine Stelle, an der sie gut geschützt die Szenerie beobachten konnten. Und sie sahen Heiner Friedweiler und eine Frau engumschlungen sich heftig küssen.

»Siehst du ihren Wagen?«, fragte Wagner flüsternd.

Willsch nickte, was mit dem Feldstecher vor den Augen nicht so einfach war. Das Kennzeichen war gut zu erkennen.

»Ich ruf die Chefin an, und du lass das Kennzeichen überprüfen. Mal sehen, was das für ein Vögelchen ist«, raunte Wagner.

Wenig später streckte Willsch seinen Notizblock Wagner entgegen, der gerade mit Verena telefonierte. Mit seiner Taschenlampe beleuchtete Wagner die Notizen.

»Der Wagen ist auf eine Eva Imhoff angemeldet. Sie wohnt in …« Wagner hielt den Notizblock näher ins Licht seiner Taschenlampe,

»… in Schlaitdorf«, flüsterte Wagner in sein Handy. Und etwas lauter:

»Wo zum Kuckuck liegt Schlaitdorf?«

»Schlaitdorf bildet mit Neckartenzlingen und Neckartailfingen ein Dreieck. Und dieses Dreieck findest du ziemlich genau zwischen Nürtingen und Reutlingen. Habt ihr prüfen lassen, ob gegen die Frau etwas vorliegt?«, fragte Verena ungeduldig.

»Nein«, antwortete Wagner und mit einem Seitenblick zu Willsch, »machen wir jetzt.«

»Was tun sie gerade?«

»Sie knutschen. Sie verschlingen sich.«

»Beschreib die Frau!«

Wagner nahm seinem Kollegen den Feldstecher aus den Händen und versuchte Einzelheiten zu erkennen. Er konnte nicht leugnen, dass ihm das, was er da sah, gefiel.

»Sie ist etwas kleiner als er …«

»Wie groß genau?«, unterbrach ihn Verena, sie hatte Mühe, ihre Aufregung zu verbergen.

»Vielleicht … einsfünfundsechzig, aber bestimmt nicht größer als einssiebzig. Die Haare sind kurz und hellblond.«

»Ist sie kräftig gebaut? Oder eher zierlich? Mensch, Wagner, ein bisschen exakter, wenn's geht.«

»Warum möchten Sie das so genau wissen, Chefin?«

»*Beschreiben!*«

»Is ja gut! Also, man könnte sie als vollschlank bezeichnen, hat üppige Formen. Mittlerweile hat er ihr den Mantel ausgezogen. Der Pulli ist jetzt bis zum Hals hochgeschoben. Jaa, sehr üppig. Jetzt steigen sie in sein Auto, er zuerst. Sie setzt sich auf seinen Schoß. Unterm Rock trägt sie ebenfalls … nichts. Ich würde sagen, ihre Formen sind … rund, sehr weiblich. Reicht das, Chefin?«

Wagner hatte Mühe, seine Erregung zu unterdrücken.

»Überprüft die Personalien. Aber vorsichtig, man weiß nie. Und dann ruf mich wieder an.«

*

Verena behielt ihr Handy in der Hand. Benno kam zurück, er hatte das Gelände um den Club überprüft.

»Nichts. Alles ruhig«, sagte er und schlug die Beifahrertür zu. Er nahm ein Taschentuch, in das sein Monogramm gestickt war, aus der Manteltasche und versuchte, seine Wildlederschuhe sauberzumachen mit dem Ergebnis, dass sein Taschentuch nun ruiniert war und die Schuhe so schmutzig wie zuvor. Benno schimpfte leise vor sich hin.

»Was musst du auch die besten Sachen anziehen, Benno? Wo gehobelt wird, fallen Späne.«

»Ob Sie's glauben oder nicht, ich habe nichts im Schrank, das geeignet wäre, um damit durch Morast zu waten.«

Verenas Handy klingelte.

»Die Papiere sind in Ordnung, Chefin. Sie heißt Eva Imhoff, sie ist eine Kollegin von Friedweiler. Das war vielleicht eine peinliche Situation. Hätten wir nicht warten können, bis sie … ähem … fertig sind?«

»Bleibt unauffällig in der Nähe«, sagte Verena ungerührt.

»In Ordnung. Oh, sie fahren los. Wir müssen.« Wagner legte auf.

*

Wagner ließ sein Handy in die Jackentasche gleiten. Rasch gingen die beiden zum Wagen zurück. Da Wagner das Auto schneller erreicht hatte, saß er schon auf dem Beifahrersitz, als Willsch keuchend ankam.

»Nein! *Du* fährst jetzt«, sagte Willsch und blieb vor der offenen Fahrertür stehen.

»Nun steig schon ein. Sonst ist Friedweiler weg. Los, Tempo!«

»*Du* fährst jetzt.« Willsch ging um das Auto herum, öffnete die Beifahrertür und bedeutete seinem Kollegen auszusteigen.

»Du bist wohl nicht ganz g'scheit.« Wagner wollte die Beifahrertür wieder schließen, die aber von Willsch festgehalten wurde, so dass ein Gerangel um die Autotür entstand. Willsch genoss es, im Vorteil zu sein, da er durch seine Körperfülle mehr Gewalt über die Autotür hatte als sein schmächtiger Kollege. Das war selten genug der Fall.

»Nur weil du von deinem Weiberhaushalt früher unterdrückt wurdest, musst du das jetzt nicht an mir auslassen«, sagte Wagner keuchend. Er hatte im Ringen um die Tür seine Unterlegenheit eingesehen und losgelassen.

»Falls du auf meine Mutter und meine Schwestern anspielst: Ein besseres Zuhause kann man sich gar nicht wünschen. Wann hast du deine Eltern zuletzt besucht? Und deinen Bruder? Legen die überhaupt Wert auf deine Gesellschaft? Ich kann mir vorstellen, dass sie nicht im entferntesten glücklich darüber sind, dass so ein Gefühlskrüppel aus dir geworden ist.«

»Ich hab' wenigstens nicht mit Puppen gespielt und Mamas Röcke anprobiert«, sagte Wagner grinsend. Dass Willschs Bemerkung über seine Familie ihn getroffen hatte, ließ er sich nicht anmerken. Sein Bruder war Arzt geworden und hielt sich für was Besseres. Na und? Seine Eltern hatten den Bruder – seit klar war, dass er studieren würde – nach Kräften unterstützt. Für ihn, den Polizisten, war nicht mehr viel übrig geblieben. Auch geschenkt!

»Selbst wenn ich mit Puppen gespielt haben sollte. Immer noch besser, als das Spielzeug anderer kaputtzutreten, nur weil man nicht mitspielen darf.«

Ein Lichtkegel streifte die beiden für einen kurzen Moment, der aber ausreichte, sie in Alarmbereitschaft zu versetzen. Schnell rannte Willsch auf die andere Seite des Autos, stieg ein, startete den Motor und fuhr los.

»Wenn wir sie verlieren, darfst du das der Chefin erklären«, sagte Wagner.

*

Er löschte die Lichter seines Wagens, nachdem er ihn zum Stehen gebracht hatte. Er blieb sitzen und schaute sich um. Nervös zündete er sich eine Zigarette an. Nach drei Zügen drückte er sie im Aschenbecher aus. Dann sah er sie auf seinen Wagen zukommen. Er stieg aus und blieb in der offenen Autotür stehen.

Er musterte sie von Kopf bis Fuß und wunderte sich über ihre Aufmachung.

»Hallo«, sagte er.

»Gut, dass du gekommen bist. Gut für dich«, gab sie zurück.

Er konnte sich nicht vorstellen, dass dies hier gut für ihn sein sollte. Er war unruhig geworden, seit sie am Telefon gesagt hatte, sie habe etwas von ihm, das er sicher wiederhaben wollte. Er hatte sich den Kopf zermartert, aber ihm war nichts eingefallen, was er vermisst hätte. Es konnte nur etwas sein, was er vor Wochen bei einem seiner vielen Besuche bei ihr einmal dort verloren oder vergessen hatte. Vielleicht ein Feuerzeug, ein Taschentuch, irgend etwas scheinbar Belangloses. In ihrem Besitz jedoch konnte es ihm zum Verhängnis werden.

Er suchte in ihrem Gesicht nach einer Regung, nach einer Erklärung für diese bizarre Situation, und fand nur ihren eisigen Blick.

»Also, was ist es, das du mir zurückgeben willst?«, fragte er.

Er bemühte sich, seinem Tonfall etwas Imperatives zu verleihen.

Als sie nicht antwortete, hakte er nach: »*Was* willst du mir geben, Diana? Ich hab' nicht viel Zeit.«

»Ist es nicht traurig, dass wir uns unter *diesen* Umständen wiedersehen?«, sagte sie tonlos. »Dabei hätte es schön werden können mit uns, … mit ein bisschen gutem Willen …«

Fast hätte er losgeprustet und ›träum weiter‹ gerufen, wenn er an ihrem Gesichtsausdruck nicht erkannt hätte, dass sie es todernst meinte.

»Ich habe dir nie etwas versprochen«, sagte er stattdessen.

»Nein, das hast du nicht.« Sie fixierte ihn mit ihrem kalten Blick.

»Gib mir zurück, was du von mir hast, und wir gehen jetzt in Anstand und Würde auseinander«, sagte er betont ruhig, was ihm schwerfiel. Langsam verlor er die Geduld. War er verrückt geworden, sich auf dieses Treffen einzugelassen? Sich mitten in der Nacht mit einer übergeschnappten Nutte herumzuschlagen? Am Ende hatte sie nur geblufft, und sie besaß überhaupt nichts von ihm, das ihn in eine brisante Lage bringen konnte. Er beschloss, das Risiko einzugehen.

»Ich fahre jetzt. Ich wünsche dir alles Gute, Diana«, sagte er mit der ganzen Freundlichkeit, die er in diesem Moment noch aufbringen konnte. Dann setzte er sich in seinen Wagen. In dem Moment, als er die Tür zumachen wollte, war sie blitzschnell an ihn herangetreten. Dann hatte er ein Surren vernommen und einen stechenden Schmerz verspürt, der rasend schnell durch seinen Körper fuhr. Und bevor er begreifen konnte, was mit ihm passierte, verlor er das Bewusstsein.

30

Verena stand vor ihrem Badezimmerspiegel. Was sie sah, gefiel ihr nicht. Die dunklen Augenringe wirkten in ihrem blassen Gesicht wie tiefe, unergründliche Seen.

Vinzenz Kreuzinger war noch bis um dreiviertel drei im Club geblieben, dann war er mit einem Taxi nach Hause gefahren. Als er beim Aussteigen aus dem Taxi nach oben blickte und sah, dass im Zimmer seiner Mutter Licht brannte, hatte er kurz innegehalten. Dann hatte er tapfer die Haustür aufgeschlossen und den Weg nach oben angetreten.

Um fünf waren sie abgelöst worden.

Verena war unschlüssig, ob sie sich noch ins Bett legen sollte; sie war aufgekratzt und todmüde zugleich. Sie setzte sich an den Küchentisch und stützte ihren Kopf in beide Hände. Dass sie nicht vorankamen, zermürbte sie. Wie lange sollten sie die Männer noch observieren? Aber es gab keine andere Spur. Diana oder Viktoria, wer auch immer, war wie vom Erdboden verschluckt. Im Moment konnte man nur hoffen, dass sie ihre Pläne nicht ändern würde und nicht bemerkte, dass ihre Opfer observiert wurden. Aber war auf die Liste von Frau Radkovic überhaupt Verlass? Verena stand auf und goss Kaffee in eine Tasse, und gerade als sie die Zeitung aufschlagen wollte, klingelte ihr Handy. Verena sah auf die Uhr, die über der Küchentür hing und die eine Zucchini darstellen sollte, was man nur erkennen konnte, wenn man es vorher schon wusste. Sie hatte sie auf einem Flohmarkt gekauft. Die Zucchini zeigte zehn nach sechs. Mit schleppenden Schritten ging Verena zur Garderobe und holte ihr Handy aus der Manteltasche. Es war ihre Dienststelle. In Wannweil auf dem Parkplatz des Supermarktes war eine männliche Leiche gefunden worden.

Verena rief Benno an.

Wenig später klaubte sie ihn unter der Laterne vor dem Hochhaus im Laisen auf.

»Wird Zeit, dass du dir endlich mal ein eigenes Auto zulegst«, sagte sie, als Benno eingestiegen war.

»Es gibt schon genug Autos, die die Umwelt verpesten«, antwortete der.

»Na denn.« Verena hatte keinen Nerv für eine umweltpolitische Diskussion.

Sie lenkte ihren ratternden Käfer auf der Reutlinger Straße stadteinwärts. Sie kamen gut voran, um diese Zeit war kaum Verkehr.

»Was haben wir bloß übersehen?«, sagte Verena mehr zu sich selbst. Seit dem Anruf der Dienststelle dachte sie an nichts anderes mehr. Der Beamte hatte ihr zwar keine Details genannt, doch sie war auf alles gefasst.

»Sind es wieder dieselben Merkmale?«, fragte Benno.

»Ich rechne damit«, sagte Verena.

Am Tatort angekommen, fiel Verena sofort das viele Blut auf. Der Tote saß auf dem Fahrersitz eines Autos, der Oberkörper hing heraus, so dass der Kopf fast den Boden berührte. Die Autotür stand offen. Der Mann war entkleidet – bis auf die Socken.

»Wo sind die Papiere?«, rief Verena, die davon ausging, dass sie schon gefunden worden waren. Ein Beamter reichte ihr einen Personalausweis. Verena las den Namen: Lorenz Wall.

»Weiß man schon Näheres über ihn?«, fragte sie den Beamten.

»No net.«

»Ist der Pass alles, was Sie gefunden haben?«

»Bis jetzt scho. Aber mir händ erscht agfange.«

Verena vermisste Dr. Schmalhans. Da bog sein Wagen auch schon um die Ecke. Er stieg aus und kam mit dem für ihn typischen vornübergebeugten Gang auf sie zu. Sie gaben sich wortlos die Hände. Dann machte er sich an die Arbeit.

Verena sah sich um. Der große Parkplatz war bis auf wenige Autos leer. Und die gehörten den Putzleuten, die den Toten gefunden hatten und die jetzt verschreckt an der noch verschlossenen Eingangstür zum Supermarkt standen. Es waren fünf junge Frauen, die Verena dem Aussehen nach dem Großraum Asien zuordnete.

Verena stellte sich vor. Die Frauen nickten, keine sagte etwas.

»Sprechen Sie unsere Sprache? Deutsch?«

Die Frauen schüttelten die Köpfe.

»Englisch?«

Kopfschütteln.

»Können Sie sich ausweisen? Papiere? Pass?« Verenas Stimme wurde lauter.

Die Frauen begannen jetzt, in ihrer Sprache durcheinanderzureden. Verena seufzte.

»Wer von Ihnen hat die Polizei gerufen? Polizei! Angerufen!« Verena formte mit ihrer rechten Hand einen Telefonhörer und hielt sie sich ans Ohr. Eine junge Frau, klein und zierlich, trat aus der Gruppe hervor und verbeugte sich. Sie sagte etwas, von dem Verena annahm, dass es ihr Name war. Verena verbeugte sich ebenfalls.

»Was haben Sie gesehen?« Verena versuchte, durch Gesten wie mit dem Zeigefinger auf die Augen und dann auf den Tatort zu zeigen, sich verständlich zu machen. Die darauffolgenden Ausführungen der Asiatin in ihrer Heimatsprache ließen Verena resignieren. Sie ging zu Benno und wies in an, den Geschäftsführer herbeizuschaffen.

»Hab ich schon versucht. Er ist nicht mehr zu Hause. Bestimmt schon auf dem Weg hierher.«

»Kümmer dich auch um einen Dolmetscher! Keine Ahnung, was die für Sprachen sprechen. Könnte alles sein. Von China über Kambodscha bis Korea.«

»Aber nur Süd, Chefin.«

»Wie?« Verena verstand nicht.

»Südkorea. Die Nordkoreaner dürfen ja nicht reisen.«

»Ach Benno, tu einfach, was ich dir sage.«

Irgendwo klingelte ein Handy. Verena kümmerte sich nicht darum. Nach dem sechsten Klingeln sah sie sich dann doch um und bemerkte, dass alle anderen sich ebenfalls suchend umschauten. Dr. Schmalhans war der Erste, der das Klingeln ortete. Er öffnete das Handschuhfach im Wagen des Toten, und das Klingeln wurde lauter. Er sah Verena an, die nickte, woraufhin er das Handy aus dem Handschuhfach holte und das Gespräch annahm.

»Ja, bitte?« Dr. Schmalhans lauschte. Dann sagte er: »Dürfte ich fragen, wer Sie sind?« – »Nein, im Moment nicht, er ist … verhindert.« – »Ja, ich will es … ihm gerne ausrichten.« – »Nein, im Moment nicht. Wie war noch Ihr Name?«

Dann nahm er das Handy vom Ohr und signalisierte, dass das Gespräch beendet worden war.

»Und?«, fragte Verena ungeduldig.

»Eine Frau. Sie wollte Lorenz sprechen. Sie macht sich Sorgen um ihn.

»Hat sie ihren Namen genannt?«

»Nein.«

»Haben wir ihre Nummer auf dem Display?«

Dr. Schmalhans drückte ein paar Knöpfe am Handy, dann schüttelte er den Kopf.

»Benno, sofort zum Auswerten mit dem Ding. Das könnte eine Goldgrube sein. Mach's eilig. Wir brauchen die Auswertung so schnell wie möglich.«

Benno gehorchte und raste mit Verenas Käfer davon.

Endlich kam der Geschäftsführer, ein großgewachsener Endvierziger im grauen Anzug, der sein wahres Alter durch Färben der Schläfen zu vertuschen versuchte. Mit besorgter Mine stellte er sich Verena als Werner Stillmann vor.

»Die Frauen«, Verena zeigte mit dem Kinn in Richtung der Asiatinnen, »haben den Toten gefunden. Nur ist keine von ihnen in der Lage, unsere Sprache zu sprechen«, sagte Verena, nachdem sie Herrn Stillmann mit knappen Worten den Sachverhalt geschildert hatte. »Wie verständigen *Sie* sich mit ihnen?«

»Das Reinigen von Gebäuden ist keine eigentlich komplizierte Aufgabe, die zu erklären besondere Sprachgewandtheit erfordert. Frau Kommissarin.« Stillmann deutete eine leichte Verbeugung an und sah Verena in die Augen. »Dürfte ich fragen, um wen es sich bei dem Verstorbenen handelt?«

»Lorenz Wall. Kennen Sie ihn?«

»Nein, tut mir Leid.«

»Aus welchem Land kommen Ihre Reinigungsfrauen?«

»Ich schlage vor, wir gehen in mein Büro und schauen nach.« Damit bot er Verena seinen Arm, was Verena ignorierte. Sie folgte ihm ins Gebäude, das sie durch eine unscheinbare Seitentür betraten. Das Büro lag direkt dahinter. Stillmann bot Verena einen Stuhl und ein Getränk an. Beides lehnte Verena mit den Worten: »Wenn Sie jetzt bitte in den Papieren der Frauen nachsehen könnten, damit ich einen Dolmetscher organisieren kann« ab. Stillmann suchte intensiv, zumindest tat er so. Es tue ihm schrecklich Leid, aber ohne seine Sekretärin sei er aufgeschmissen, entschuldigte er sich nach einiger Zeit für die ergebnislose Suche. Inzwischen waren etliche aufgeschlagene Ordner und Papiere auf dem großen Schreibtisch ausgebreitet und ganze Papierstapel versetzt worden.

Verenas Handy klingelte, es war Benno. Verena nickte ein paarmal und beendete das Gespräch. Dann ging sie hinaus und ließ Stillmann in seinem Chaos zurück.

Benno stand mit einer älteren Dame von ebenfalls asiatischem Aussehen bei den Frauen. Als Verena näher kam, drehte er sich um und sagte: »Es ist ein indonesischer Dialekt, aber sie versteht ihn trotzdem.« Er zeigte auf die Dolmetscherin und stellte sie als Frau Shang vor.

»Alle Achtung, Benno«, sagte Verena voller Anerkennung.

»Frau Wung, Frau Yan, Frau Yin, Frau Soon«, sagte Benno, »und Frau Yan hat die Polizei gerufen.«

»Haben sie am Tatort etwas verändert?«

»Nein. Sie sind derart erschrocken, dass sie sofort zum Gebäude gelaufen sind und dort auf die Polizei gewartet haben«, übersetzte Frau Shang.

»Warum sind sie nicht reingegangen?«

Frau Shan übersetzte die Frage und bekam eine ausschweifende Antwort. Dann sagte sie: »Sie haben keine Schlüssel.«

Verena schaute ungläubig.

»Sie ... sie haben keine Schlüssel. Mehr hat sie nicht gesagt?«

»Nein.«

»Ist ihnen irgend etwas aufgefallen, etwas, was nicht so ist wie sonst. Personen, Fahrzeuge. Haben sie jemanden wegfahren oder weglaufen sehen?«

Die junge Frau antwortete gestenreich.

»Es war alles wie sonst, bis auf den toten Mann im Auto«, dolmetschte Frau Shang.

»Ich möchte ihre Papiere sehen«, sagte Verena.

Die Putzfrau redete nun in einer Weise auf Frau Shang ein, die

Verena vermuten ließ, sie breitete ihr gesamtes Leben und das ihrer Ahnen vor ihr aus.

»Zur Arbeit nehmen sie ihre Papiere nie mit«, übersetzte Frau Shang.

Verena war sprachlos.

»Notier' dir ihre Adressen«, sagte sie zu Benno. Von den Frauen würde sie im Moment nicht mehr erfahren, außer wie man wortreich wenig sagt.

»Wann bekommen wir die Handyauswertung?«

»Heute Nachmittag.«

»Dann lass uns so lange recherchieren, mit wem wir es bei dem Opfer zu tun haben.«

»Hab' ich schon!« Benno holte sein Notizbuch aus der Brusttasche seines Mantels, »Lorenz Wall ist Rechtsanwalt und Geschäftsführer einer großen Sozietät in Pliezhausen. Dort wohnt er auch. Er hat eine Frau. Keine Kinder.«

Verena schaute demonstrativ auf ihre Uhr. »Mensch, Benno, jetzt sind wir gerade mal 'ne dreiviertel Stunde hier. Was hast du denn in der kurzen Zeit noch alles rausgefunden?«

»Zum Beispiel, dass Frau Dr. Eva Wall in Stuttgart als Staatsanwältin arbeitet.« Benno steckte den Notizblock wieder ein und knöpfte den Mantel zu.

»Und mit welchem Notendurchschnitt hat sie ihr Abitur gemacht?«

»Moooment«, Benno knöpfte den Mantel erneut auf und tat so, als ob er sein Notizbuch zücken wollte. Beide lachten. Es war ein befreiendes Lachen.

Dr. Schmalhans kam auf sie zu.

»Meinen Bericht haben Sie morgen früh«, sagte er trocken in ihr Lachen hinein. Er schaute sie verständnislos an.

»Irgendetwas, was ihn von den anderen unterscheidet?«, wollte Verena wissen. Sie hatte sich wieder gefangen und berührte Dr. Schmalhans entschuldigend am Arm.

»Nein, augenscheinlich nicht. Mehr morgen früh.« Dr. Schmalhans ging zu seinem Wagen. Was zum Teufel gab es hier zu lachen?

31

Das Café Sommer war um diese Zeit schon gut besucht, fast alle Tische waren besetzt. Sie hatte noch einen freien in der Nähe des Panoramafensters gefunden. Sie hatte sich einen Capuccino und einen Apfelkuchen bestellt. Lorenz' Bargeld hatte ihr erst einmal wieder Luft verschafft. Dass er immer viel Geld bei sich hatte, war ihr noch in Erinnerung. Sie schlug die Zeitung auf und blätterte sie flüchtig durch. Das Phantombild in der gestrigen Ausgabe hatte mit ihrem jetzigen Aussehen nichts zu tun. Sie fühlte sich sicher.

Sie schaute sich um. Vornehmlich Frauen älteren Jahrgangs in Kostümen und bunten Halstüchern saßen an den runden Tischen und unterhielten sich munter. Hier und da bekam sie Gesprächsfetzen mit. Sie zündete sich eine Zigarette an und erntete prompt den missbilligenden Blick einer Dame am Nachbartisch. Sie ignorierte ihn und blies den Zigarettenrauch genüsslich in die Luft.

32

Zu dritt saßen sie im Besprechungsraum. Verena berichtete Dr. Meininger von ihrem Besuch bei Frau Dr. Wall in Pliezhausen heute Vormittag. Sie war gerade im Begriff gewesen, in ihr Auto zu steigen, als Verena und Benno vorgefahren waren. Ungeduldig hatte sie die beiden nochmals ins Haus gebeten. Bei der Nachricht vom Tode ihres Mannes hatte sie gefasst reagiert, fast unbeteiligt, auf jeden Fall beherrscht.

»Hat sie sich keine Sorgen gemacht, weil er die ganze Nacht nicht nach Hause gekommen ist?«, fragte Dr. Meininger.

»Doch, sie habe öfters versucht, ihn über sein Handy zu erreichen. Erst heute in der Früh sei dann endlich abgenommen worden, jedoch von einem Mann, dessen Stimme sie nicht gekannt habe.«

Das Telefon klingelte, Verena hob ab, nickte und legte wieder auf.

»Es war Dr. Schmalhans. Wir können den vorläufigen Autopsiebericht im Intranet einsehen«, sagte sie und gab Benno ein Zeichen.

»Was sind das nur für neumodische Methoden? Warum lässt er uns den Bericht nicht bringen, so wie früher?« Dr. Meininger konnte sich mit den neuen Medien nur schwer anfreunden.

»Sparmaßnahmen«, antwortete Verena, »seit Herr Pfister im Ruhestand ist, wurde kein neuer Hausbote eingestellt. Einstellungsstop.«

Dr. Meininger schaute verdrießlich.

Währenddessen setzte sich Benno an den Computer und druckte für alle ein Exemplar des Autopsieberichtes aus. Dann herrschte Schweigen.

»Derselbe Tathergang, überrascht mich nicht«, sagte Verena, nachdem sie den Bericht gelesen und ihn beiseite gelegt hatte. »Dieselben Merkmale, Stichwunde am Hals, schnell verblutet, vorher mit einem Elektroschock außer Gefecht gesetzt. Die Hautreaktion auf das Schockgerät befindet sich an der linken Schulter.«

»Wie bei Professor Augenthaler«, fiel Benno auf.

»Stimmt. Also hat Herr Wall im Auto gesessen, als er unter Strom gesetzt wurde. Aber bringt uns das auch nur einen Millimeter weiter? Es ist zum Verrücktwerden. Frau Radkovics Liste ist ja wohl unvollständig. Was, wenn es noch mehr Stammfreier gibt?«

»*Wenn* es Diana war«, sagte Dr. Meininger.

»In nur einem Fall können wir ausschließen, dass sich Täter und Opfer verabredet haben«, fuhr Verena fort. »Bei Professor Augenthaler. Hätte der sich sonst mit seiner Geliebten im Auto vergnügt? In den anderen Fällen kann eine Verabredung dem Treffen vorausgegangen sein. Genauso gut kann aber der Täter dem Opfer gefolgt sein und es dann überrascht haben.«

»Wer sagt uns, dass die Frau in Professor Augenthalers Auto nicht Diana war?«, fragte Benno.

Alle sahen sich an. Dann griff Verena zum Telefon und rief Dr. Schmalhans an: »Könnten Sie die DNA der Frau in Professor Augenthalers Wagen mit …« Verena hielt inne, überlegte kurz, riss sich ein paar Kopfhaare aus, reichte sie Benno und legte den Zeigefinger auf die Lippen, »… mit neuen Spuren vergleichen? Und … es eilt.«

Herr Haas, einer der Hausboten, kam herein und legte eine dünne Mappe auf den Tisch.

»Einen Augenblick, Herr Haas«, sagte Dr. Meininger und hob die Hand. Der Mann, der gerade unauffällig das Zimmer wieder verlassen wollte, hielt inne, drehte sich um und schaute Dr. Meininger fragend an: »Was isch?«

»Eine kurze Frage: Wann gedenken Sie in den Ruhestand zu gehen?«

»Oje, Herr Doktor, des dauert no a Weile. I muaß noch mindeschdens drei Johr schaffa. Warum frogad Sie des?«

»Nur so. Vielen Dank«, sagte Dr. Meininger und lehnte sich zufrieden zurück.

Verena gab dem Boten das Tütchen für Dr. Schmalhans mit, dann schlug sie die Mappe auf. Sie enthielt die Gesprächsliste von Walls Handy.

»Guter Service von der Telefongesellschaft«, sagte Dr. Meininger beeindruckt, »Sie schreiben sogar die Namen hinter die Telefonnummern.«

Er nickte anerkennend.

»Alles Teilnehmer aus seinem Umfeld. Seine Frau, noch mal seine Frau; Gruber, Blume…, das sind übrigens seine Teilhaber aus der Sozietät.« Benno wurde etwas verlegen, als Verena und Dr. Meininger ihn anerkennend ansahen.

»Hier. Eine Telefonzelle«, sagte Verena. »Am Nikolaiplatz, gestern Nachmittag. Ein Gespräch von drei Minuten und zehn Sekunden.«

Benno griff sofort zum Telefon.

»Wann kriegen wir die Liste?«, frage Verena ungeduldig, als Benno auflegte.

»Morgen Früh.«

»Das ist zu spät! Ruf noch mal an. Wir brauchen sie heute noch. Jetzt!«

Benno rief erneut an, doch alle Überredungskunst half nicht. Da nahm ihm Verena den Hörer aus der Hand und sprach selbst mit dem Sachbearbeiter. Und als sie ihm mit Anklage wegen Verschleppung polizeilicher Ermittlungsarbeit drohte, versprach der arme Angestellte, die Liste in zwei Stunden fertig zu haben.

Verena lehnte sich zurück und verschränkte die Hände hinter dem Kopf. Dr. Meininger nahm die Brille ab und rieb sich die müden Augen. Benno machte sich an der Kaffeemaschine zu schaffen, und ihr Röcheln war für die nächsten Minuten das einzige Geräusch im Raum.

»Was machen die Observierungen, Verena?«, fragte Dr. Meininger und setzte sich die Brille wieder auf. Seine Augen waren gerötet.

»Nichts Neues, bis jetzt.«

Da kam Verena ein Gedanke. Sie nahm ihr Handy und wählte eine Nummer.

»Grüß Gott, Frau Radkovic, Verena Paul von der Kripo Reutlingen. Ich …« – »… nein, ich möchte Sie etwas …« – »… nur eine Frage, Frau Radkovic …«, Verena vergrößerte den Abstand zwischen Handy und Ohr, die Stimme der Frau war trotzdem gut zu hören. »Nein, Frau Radkovic, der Fall ist noch nicht abgeschlossen«, begann Verena erneut. »Ich möchte …« – »Ja, ich weiß, dass Sie auf Ihren Ruf achten …« – *»Halten Sie den Mund!«*, rief Verena ins Telefon. Die Frau schwieg, und Verena unternahm einen erneuten Versuch: »Die Liste mit den Stammfreiern, die Sie uns gegeben haben, sind Sie ganz sicher, dass kein Name fehlt?« – »Ich weiß, dass ich Sie das schon einmal gefragt habe, aber Sie haben mich schon einmal belogen! Und es ist sehr wichtig, dass sie uns *alle* Stammfreier nennen.« – »Kennen Sie einen Lorenz Wall?« – »Nein, Wall, nicht Ball. Lorenz Wall, wie die Mauer …« – »Vergessen Sie das mit der Mauer.«

Verena bereute die Hilfestellung.

»Keine Mauer, Frau Radkovic, Wall heißt der Mann, Lorenz Wall, kennen Sie ihn?« – »Nicht.« – »Er war …«, Verena musste überlegen, da sie ihn nur als Leiche gesehen hatte, »… er ist mittelgroß, um die fünfzig, graues Haar, Anwalt und wohnt in Pliezhausen.« – »Ja, mir ist bewusst, dass Anonymität bei Ihnen groß geschrieben wird.« – »Hat sich Diana gemeldet?« – »Rufen Sie mich an, wenn Ihnen noch etwas einfällt oder wenn sie sich meldet. Ade, Frau Radkovic.« Verena lehnte sich erschöpft zurück.

»Ich weiß schon, warum ich jugoslawische Frauen nicht mag«, stöhnte sie.

Die Kaffeemaschine röchelte nicht mehr, Benno goss allen ein und setzte sich wieder.

»Sie können nicht alle Jugoslawen über einen Kamm scheren, Chefin«, sagte Benno.

»Ich hab' schon so viele kennengelernt, sie sind laut und verschlagen.« Verena schlürfte den heißen Kaffee.

»Laut sind die Italiener auch, und ...«, wollte Dr. Meininger gerade eine längere Ausführung beginnen, als das Signal für den Eingang einer E-Mail aus dem Computer ertönte, und die drei vergaßen ihre Diskussion über die Charaktereigenschaften verschiedener Volksgruppen. Benno hastete an das Tischende zum Computer, öffnete die Mail und druckte sie aus. Und nun lag die Liste aller Telefonate aus der fraglichen Telefonzelle vor ihnen auf dem Tisch.

»Das sind erstaunlich wenig Gespräche«, bemerkte Verena, »nur acht.«

»Wer geht denn heutzutage noch in die Telefonzelle? Es hat doch jeder ein Handy«, sagte Dr. Meininger.

»Hier.« Verena tippte mit dem Zeigefinger auf Walls Handynummer, »das ist das Gespräch mit Wall. 46 Minuten davor wurde ein Mustafa Hallil in Pfullingen angerufen. Und genau 35 Sekunden nach dem Gespräch mit Wall ...«, Verena hob ihren Blick, schaute in die Runde und las weiter, »... eine Frau Herta Schäubele. Hirschstraße. Da fahren wir jetzt hin.« Verena stand auf, gab Benno ein Zeichen und war schon draußen. Benno druckte schnell noch das Phantombild aus.

*

Die Hirschstraße, eine kleine Seitenstraße am unteren Ende der Fußgängerzone, war schnell erreicht. Einen Parkplatz zu finden, war schon schwieriger. Sie parkten im eingeschränkten Halteverbot vor einem Kopierladen. Wenig später standen sie vor der Haustür des vierstöckigen Gebäudes, das einen verfallenen Eindruck machte. Sie fanden den Namen auf der untersten Klingel, Verena drückte den Klingelknopf.

»Wer isch do?«, quäkte es aus der Sprechanlage.

»Polizei. Wir müssen mit Ihnen sprechen, Frau Schäubele.« Verena musste sich etwas bücken, um in die Muschel zu sprechen.

»Was han i mit dr Bolizei zom schaffa?«

»Es handelt sich lediglich um eine Auskunft.«

»Erschdr Schdock rechts.« Der Türöffner summte. Verena und Benno betraten den Hausflur, der dunkel und muffig war. Die durchgetretenen Stufen der Holztreppe knarrten und gaben zum Teil nach.

Frau Schäubele hatte die Wohnungstür einen Spaltbreit geöffnet, die Sicherheitskette aber vorgelegt.

»Grüß Gott, Frau Schäubele, ich bin Verena Paul von der Kripo, das ist mein Kollege Benno Andres. Wir …«

»I mecht erschdamol Ihre Ausweis seha.«

Verena und Benno hielten ihre Ausweise hoch.

»Ond was wellet Se?«

»Können wir kurz hereinkommen, Frau Schäubele? Es dauert auch nicht lange.«

Nach kurzem Überlegen öffnete die Frau die Tür und lies die beiden herein. Sie ging voraus ins Wohnzimmer. Die Körperfülle der Frau erlaubte ihr lediglich einen schleppenden Gang. Verena fiel die Kittelschürze auf, die sie auch von ihrer Mutter kannte.

Als sie sich im Wohnzimmer, dessen Mobiliar zwar unmodern und zerschlissen war, aber ordentlich und sauber wirkte, auf die durchgesessene Couch gesetzt hatten, kam Verena gleich zur Sache: »Im Rahmen einer Ermittlung haben wir einige Telefonnummern überprüft und sind dabei auch auf Ihre Nummer gestoßen. Wir möchten von Ihnen wissen, wer Sie gestern so gegen zwei aus einer Telefonzelle angerufen hat.«

Frau Schäubele schaute verständnislos.

»Ich kann Ihnen leider keine Einzelheiten nennen, Frau Schäubele. Sagen Sie uns einfach, wer Sie angerufen hat.«

»Hat der ebbas angstellt?«

»Es ist eine routinemäßige Überprüfung. Genau genommen wissen wir über den Teilnehmer noch nichts, aber wir müssen ihn unbedingt sprechen«, versuchte Verena Frau Schäubeles Neugierde auszubremsen und merkte aber sofort, dass der Schuss nach hinten losgehen würde.

»Ha, abr wenn Sie net wisset, wer mi angrufa hat, wie könnet Sie dann wissa, dass Sie den Teilnehmr dringend schbrecha müsset?«

»Sagen Sie uns einfach, wer Sie gestern um zwei angerufen hat!« Verena hatte Mühe, ihre Ungeduld zu verbergen.

Frau Schäubele gab nach und begann nachzudenken: »Geschdrt um zweu. Wer war jetzt au des?« Sie schien angestrengt zu überlegen. »Jetzt fällts mr wiedr ein. Des war die ... wie hoist se glei ... Die hat mir saga wella, dass se d'Miete morga, also heut, endlich zahla kann. I het se nämlich sonscht nausgschmissa ausm Zimmr.«

»Wohnt sie hier im Haus?«

»Im vierta Schdock droba.«

»Ist das *Ihr* Haus, Frau Schäubele?«

»Hajo, des isch mei Elternhaus.«

»Wie ist der Name der Frau?« Verena bemühte sich ruhig zu bleiben.

»Melanie Köhler heißt se. Se hat des Zimmer droba im vierta Schdock links.«

Benno nahm das Phantombild aus seiner Tasche und legte es vor Frau Schäubele auf den Tisch. »Ist sie das?«

Frau Schäubele stand auf und holte ihre Brille, die auf der Kommode lag. Ihre überdimensionalen Hüften wippten bei jedem Schritt auf und ab. Das Aneinanderreiben der Schenkel beim Gehen verursachte ein schabendes Geräusch. Die Dielen des Holzfußbodens knarzten. Mit der Brille auf der Nase setzte sich die Frau wieder und nahm das Bild in die Hand.

»D'Haar' send kürzer, ond d'Farb isch andrschd. Jetzt grad send se blond. Aber die hat se ällaweil gfärbt. Aber doch, des isch se.«

Frau Schäubele hielt das Bild auf Armlänge von sich weg. »Se sieht Ihne sogar a bissle gleich, Frau Kommissarin. Hat se ebbas angschdellt?«

»Wie lange wohnt sie schon bei Ihnen im Haus?«

»A halbs Johr ischs gwies scho.«
»Haben Sie sich den Ausweis zeigen lassen?«
Nun wurde Frau Schäubele verlegen.
»Ha i hätt scho, aber dr Eugen hat gsagt, dass mir dem Mädle ruhig glauba kennat.«
»Eugen ist Ihr Mann?«
»Scho seit dreißig Johr.«
Man sah Frau Schäubele an, dass sie mit sich kämpfte, ob sie weiterreden sollte. Sie entschied sich dafür.
»Meim Eugen hat se gfalla, dia Melanie. Der hat immr aufpasst, ob er se net im Hausflur sieht. Wenn'r ebbas ghört hat, isch'r ällaweil naus ond hat ghofft, dass'r se im Flur trifft und mitra schwätza kann. Eigentlich wärs mir recht, wenn se auszia däd.«
»Sie haben sich also nicht den Ausweis zeigen lassen.«
»Grad sag i's doch, Frau Kommissar. Dr Eugen hatt gsagt, des isch net nötig.«
Man sah der Frau an, dass sie sich immer noch darüber ärgerte.
»Haben Sie mitbekommen, ob sie einer geregelten Arbeit nachgegangen ist?«
»Des glaub' i net. Sie isch immer zu ganz unterschiedliche Zeita aus'm Haus ganga.« Frau Schäubele kam jetzt in Fahrt. Sie erzählte, dass Melanie Köhler zuletzt gestern Abend um ungefähr dreiviertel neun das Haus verlassen habe und erst weit nach Mitternacht wieder nach Hause gekommen war. Die Miete habe sie zwar immer bezahlt, bis auf den aktuellen Verzug von drei Tagen, woher das Geld jedoch komme, wisse sie nicht. Auf Verenas Nachfrage gab sie an, dass Melanie Köhler im Moment nicht zu Hause sei.
Wenig später verabschiedeten sie sich von Frau Schäubele und traten auf die Straße hinaus.
»Was jetzt, Chefin?« fragte Benno.
»Wir brauchen einen Durchsuchungsbefehl für ihr Zimmer.«
Verena kramte ihr Handy aus der Jackentasche und rief ihren Chef an, um ihm die neue Sachlage zu schildern. Dann zog sie Benno leicht am Ärmel und bugsierte ihn in einen Hauseingang, der ihnen Deckung bot.

»Mal schau'n, wer so alles rein- und rausgeht.«

Beide stellten ihre Handys auf Vibration um und sich auf eine längere Wartezeit ein.

33

Gerade wollte sie von der Wilhelmstraße in die Hirschstraße einbiegen, als sie sah, wie die beiden, die ihr bestens bekannt waren, sich in den Hauseingang schräg gegenüber ihres Wohnhauses drückten. Abrupt blieb sie stehen. Dann ging sie langsam und so unauffällig wie möglich zurück und bog bei der nächsten Gelegenheit in eine Seitenstraße ein.

Natürlich hatte sie auch mit dieser Möglichkeit gerechnet, war aber trotzdem einigermaßen überrascht. Wie um alles in der Welt hatten sie ihre Adresse herausgefunden? Langsam und betont lässig ging sie zurück in die Wilhelmstraße, kaufte sich im nächsten Drogeriemarkt ein paar Hygieneartikel, außerdem Wäsche und alles andere, das sie für die nächsten Tage und vor allem für Plan B benötigen würde. Mit einer großen dunklen Sonnenbrille auf der Nase betrat sie wenig später ein billiges Hotel in der Hofstattstraße, und da sie ihre Brieftasche immer bei sich trug, hatte sie auch kein Problem, einen ihrer Ausweise vorzuzeigen.

Das Zimmer war zweckmäßig eingerichtet und hatte immerhin ein eigenes Bad. Sie zündete sich eine Zigarette an und schaute durch die Gardine auf die Straße. Sie konnte die Wilhelmstraße in östliche Richtung überblicken, außerdem einen Teil der Hofstattstraße. Sie beobachtete die Menschen, die mit ihren Einkaufstaschen, Kinderwagen, Fahrrädern oder einfach mit den Händen in den Jacken- oder Manteltaschen vorübergingen, ohne aufeinander zu achten.

Sie legte sich aufs Bett und zündete sich die nächste Zigarette an. Sie blies Kringel in die Luft und schaute jedem einzelnen nach.

34

Zu dritt standen sie vor der Wohnungstür, Verena drückte auf den Klingelknopf. Dr. Meininger hatte den Durchsuchungsbefehl griffbereit in der Tasche. Es öffnete niemand. Verena klingelte erneut, diesmal etwas länger. Es geschah nichts.

»Geh nach unten und versuche, von der Vermieterin einen Schlüssel zu bekommen«, sagte Verena zu Benno, der wenig später mit dem Schlüssel und mit Frau Schäubele im Schlepptau zurückkam, die einfach nicht abzuschütteln gewesen war.

»Dürfet Sie des eigentlich?«, rief sie von der Treppe herauf, auf deren vorletzter Stufe sie stehengeblieben war und zu ihnen heraufschaute.

»Sie können sich darauf verlassen, Frau Schäubele«, antwortete Verena. Sie schloss die Wohnungstür auf, und die drei gingen hinein. Frau Schäubele hätte zu gerne mehr mitbekommen, aber die Tür war sofort wieder geschlossen worden. Also ging sie zurück in ihre Wohnung, nicht ohne die Tür einen Spalt offenzulassen.

*

Es war ein kleines, schäbiges Zimmer, das offensichtlich nur zur vorübergehenden Nutzung gemietet worden war. Große, teils verbogene Nägel staken in der Wand. Daran hingen vier Garnituren Männerkleidung, davon zwei komplette Anzüge mit Hemd und Krawatte. Die Unterwäsche hing teilweise aus den Taschen der Jacketts heraus. Auf dem Boden standen vier paar Männerschuhe, davon hatte ein Paar breite Stollen an den Sohlen.

»Die Golfschuhe vom Clubpräsidenten«, sagte Benno.

Auf dem ungemachten Bett lag ein schwarzer Trainingsanzug, daneben ein Elektroschockgerät. Verena drehte sich um und sah neben der Tür das große stumpfe Waschbecken, in dem ein Messer lag.

»Was wir hier haben, ist eindeutig. Eindeutiger geht's nicht«, sagte Dr. Meininger.

Verena zog Handschuhe an und begann, sich genauer umzusehen. Neben dem Bett, dem wackeligen Stuhl daneben und einer doppeltürigen Kommode, deren Oberfläche mit dunkelbrauner Folie beklebt war, wie Verena sie aus der Küche ihrer Mutter kannte, die damit die Schubladenböden ausgelegt hatte, war ein kleines Sperrholzregal mit abgebrochenen Ecken einziges Mobiliar im Zimmer. Es stand unter dem Waschbecken und schien passgenau angefertigt worden zu sein. Verena bückte sich, um nachzusehen, was sich darin befand. Im oberen Fach stand eine bunte Kaffeetasse, in der ein paar Besteckteile staken, daneben ein Stapel Plastikbecher, im unteren Fach eine Vollkornbrotpackung und eine angebrochene Butter, die so weich war, dass das auf ihr liegende Messer bereits eine Delle hinterlassen hatte. Als Verena sich wieder aufrichten wollte, entdeckte sie unter dem Bett ein Schreibheft. Sie hob es auf. Es war außen unbeschriftet. Verena schlug die erste Seite auf. Sie erkannte die Schrift ihrer Schwester. Auf der ersten Zeile stand der Name Peter Smyrnak. Er war unterstrichen. Darunter war eine Aufstellung seiner Charaktereigenschaften aufgelistet. Und darunter das Wort ANKLAGE in Großbuchstaben und mehrfach nachgezeichnet. Verena las, dass Smyrnak die Schreiberin im Stich gelassen habe, dass auf ihn kein Verlass sei, dass er ein Scheißkerl sei wie alle anderen auch.

Unter dem nächsten Wort VOLLZUG, ebenfalls mehrfach nachgezeichnet, stand: *Ging einfacher als gedacht, S. war sofort außer Gefecht, im Dunkeln schwer die richtige Stelle am Hals gefunden, S. wäre fast wieder zu sich gekommen. Muss beim nächsten Mal schneller gehen!*

Dahinter ein dicker schwarzer Haken.

Verena blätterte weiter, die nächste Seite galt Professor Augenthaler, der sich des gleichen Vergehens schuldig gemacht hatte.

»Der Fummel muss aus ihrer horizontalen Phase stammen«, sagte Benno, der gerade dabei war, die Kommode zu inspizieren. Im selben Moment schien ihm seine Bemerkung Leid zu tun, denn schuldbewusst sah er zu Verena herüber, die jedoch unbeeindruckt weiterlas. »*Wäre sowieso bald eintönig geworden, sich tagaus, tagein seine geistlosen Golfplatzabenteuer anzuhö-*

ren. Also! Schwamm drüber. Und weiter unten: *Hübsch, wie er da so neben seinem Bällchen auf dem Grün lag. Er selber hätte gesagt ›Das hat Stil‹*.«

Verena ließ das Heft sinken. Kein Zweifel. Diana war ihre Schwester Viktoria. Ihre kantige und nach links gekippte Schrift hatte sich seit den Schultagen kaum verändert.

Nachdem Dr. Meininger die Spurensicherung benachrichtigt hatte, verließen sie das Zimmer, ohne weitere Hinweise auf Viktoria gefunden zu haben. Frau Schäubele war wieder aus ihrer Wohnung gekommen und fragte: »Ond, hats ebbas gnützt, dass i Ihne aufgschberrt hab? Händ Se ebbas gfunda?«

»Vielen Dank dafür. Ade, Frau Schäubele«, antwortete Verena. Die drei traten auf die Straße und verbargen sich in einem der Hauseingänge in der Nähe.

»Wir müssen das Gebäude observieren. Sie kann ja jeden Moment zurückkommen, wenn sie uns nicht schon bemerkt hat.«

»Wir haben keine Leute mehr, sie stehen alle fest, haben Sie das vergessen?«, entgegnete Dr. Meininger.

Sie beschlossen, dass zwei Streifenpolizisten in Zivil die erste Schicht übernehmen sollten.

*

Verena saß auf der schmalen Fensterbank des Besprechungszimmers. Benno und Dr. Meininger hatten ihre Plätze am Tisch eingenommen.

»Haben Sie ein aktuelles Foto von Ihrer Schwester, Chefin?«, wollte Benno wissen.

»Nein. Wir haben seit 15 Jahren keinen Kontakt. Und die Kinderfotos hab' ich zu Hause, also in Wuppertal, gelassen. In der Beziehung bin ich unsentimental«, antwortete Verena.

Sie versuchte, ihre bleierne Müdigkeit mit Kaffee zu bekämpfen.

»Benno, ruf doch mal beim Einwohnermeldeamt an, ob eine Melanie Köhler gemeldet ist. Und frag auch nach … Viktoria Paul, geboren am 23. Oktober 1966.«

»Die drei traten auf die Straße und verbargen sich in einem der Hauseingänge in der Nähe.«

Benno griff zum Telefon. Er wurde sechsmal verbunden, bevor er endlich die Auskunft bekam, dass keine Melanie Köhler und keine Viktoria Paul gemeldet waren.

Verena verschränkte die Hände hinter dem Kopf, schloss die Augen und zählte bis sieben. Meistens half das gegen verspannte Nackenmuskeln. Heute nicht.

»Gehen Sie nach Hause, Verena, im Moment können wir ohnehin nur warten. Die Fahndung läuft, das Haus wird observiert und die Spurensicherung wird sicher noch eine Weile brauchen«, sagte Dr. Meininger. Verena nahm dankend an.

Sie ließ ihren Käfer am Präsidium stehen und ging zu Fuß.

35

Sie lehnte am Lindenbrunnen, der den Anfang der Lindenstraße markierte, und ließ das Haus nicht aus den Augen. Hier war der beste Platz, um das Gebäude, das früher ein Hotel gewesen war, zu beobachten, ohne selber gesehen zu werden. Dass ihre Deckung so schnell aufgeflogen war, ließ ihr keine Ruhe. Was hatte sie übersehen? Wo war der Fehler?

›Das muss sie mir unbedingt verraten, bevor …‹

In diesem Moment entdeckte sie, worauf sie gewartet hatte.

*

Verena schloss die Haustür auf und schleppte sich in ihre Wohnung im vierten Stock. Sie zog die Stiefeletten von den Füßen und hängte ihren Jeansmantel über die beiden Sommerjacken, die sich einen Haken der Garderobe teilten. Beim Vorsatz, die Jacken endlich in den Schrank zu räumen, war es seit dem letzten Herbst geblieben. Verena ging ins Wohnzimmer, legte die Lucio Dalla-CD ein und setzte sich auf das Sofa. Sie stützte ihren Kopf in beide Hände und schloss die Augen. Das Brennen ließ langsam nach. Als sie die Augen wieder öffnete, schaute sie durch ihr Wohnzimmerfenster, dem die Spuren des letzten Regenschauers und Verenas Abneigung gegen das Fensterputzen anzusehen war, hinaus in den wolkenverhangenen Himmel. Bald würde es wieder regnen. Dann fielen ihr die Augen wieder zu. Bilder aus längst vergangenen Tagen tauchten auf, Verena sah sich neben ihrer Schwester am Mittagstisch sitzen. Mama war damit beschäftigt, Schüsseln und Töpfe aus der Küche zu holen und die Teller zu füllen. Und Papa kommandierte sie herum. Dann geschah, was strengstens verboten war: Die Mädchen mussten lachen. Ein nichtiger Anlass genügte meist. Das Lachen zu unterdrücken war schlicht unmöglich. Und je strenger der Vater seine Töchter anschaute, desto mächtiger wurde der Drang zu lachen, laut loszuprusten. Bis schließlich der Vater mit der flachen Hand auf den Tisch haute und so für Ruhe sorgte. Warum er beim Essen kein Kinderlachen ertrug, war Verena bis heute schleierhaft geblieben. Sie hatte ihn nie danach gefragt.

Dann sah sie ihre Schwester scheinbar willenlos ihr Spiel unterbrechen und ins Bad trotten, nachdem Papa durch die halboffene Badezimmertür ihren Namen gerufen hatte. Sie hatten nie darüber gesprochen, was im Badezimmer geschehen war.

›Ich bin in einer sprachlosen Familie aufgewachsen‹, dachte Verena.

Sie stand auf, um das Heft aus ihrer Umhängetasche zu holen.

Nachdem sie sich wieder gesetzt hatte, schlug sie es auf. Vinzenz Kreuzinger, Alfred Zucker und Dr. Gürzenich wären tatsächlich die nächsten Opfer gewesen, nach Lorenz Wall. Die Auflistung von Frau Radkovic war also bis auf Wall vollständig gewesen. Und plötzlich entdeckte Verena ihren eigenen Namen. Sie wäre nach Dr. Gürzenich drangewesen. Nach dem ersten Schock las sie, was Viktoria für Anklagepunkte gegen sie vorbrachte: *Hält sich für was Besseres – Hat sich von mir distanziert – wurde immer bevorzugt – …*

Die Türklingel schellte. Verena schob das Schreibheft zwischen die Fernsehzeitung und das Italienischbuch. Auf dem Weg zur Wohnungstür überlegte sie, wer das sein könnte. Sie bekam so gut wie nie Besuch. Wenn es Benno war, warum machte er sich die Mühe herzukommen? Warum rief er nicht an? Verena fuhr sich mit beiden Händen durch das Haar, ging in den Flur und drückte auf den Türöffner. Sie wusste, wie lange man für die siebenundachtzig Stufen brauchte, ließ die Wohnungstür einen Spalt geöffnet und ging ins Bad.

»Die vier Stockwerke sind mörderisch, was? Vor allem wenn man…« Verena kam aus dem Bad und blieb wie vom Blitz getroffen stehen. Im allerersten Moment dachte sie, sie würde in den Spiegel schauen. Aber der Spiegel hängt doch an der Wand und steht nicht quer im Flur! Dann wurde ihr klar, dass sie ihrer Schwester gegenüberstand. Viktoria war gekommen. Die Frauen starrten sich an, die eine ungläubig, die andere triumphierend und mit einem feindseligen Zug um den Mund.

›Sie hat mich beobachtet‹, dachte Verena und bekam eine Gänsehaut. Sie sieht aus wie ich!

Dass Viktoria so plötzlich ihre Strategie ändern und in die Offensive gehen würde, damit hätte Verena am wenigsten gerechnet.

»Gute Arbeit, Miss Marple«, durchbrach Viktoria das Schweigen. »Hast mich schnell aufgespürt. Aber gute Arbeit sind wir von dir ja gewohnt«, sagte sie verächtlich. Dann musterte sie Verena von oben bis unten und fügte hinzu: »Und bald bist du auch so fett wie deine berühmte Kollegin.«

Verena hatte sich schnell gefangen. Sie überhörte die Bemerkung und sagte: »Geh'n wir rein.« Sie zeigte mit dem Arm in Richtung Wohnzimmer und ließ Viktoria vorausgehen. Sie setzten sich, Viktoria auf die Couch und Verena auf den Lederhocker mit der bunten Oberseite, der näher bei der Tür stand. Verena überlegte, wo sie vorhin ihre Dienstwaffe abgelegt hatte, die eigentlich in den kleinen Tresor hinter dem Spiegel im Flur gehörte. Dann erinnerte sie sich, dass sie im Halfter an der Garderobe hing, zwischen ihrem Jeansmantel und den beiden Sommerjacken.

»Wie wär's mit einem Tee?«, fragte sie, und ohne eine Antwort abzuwarten, stand sie auf und verließ das Wohnzimmer. Die Tür ließ sie einen Spaltbreit offen. Leise schlich sie zur Garderobe, steckte sich ihre Dienstwaffe in den Hosenbund und schob den weiten Pullover darüber. Dann ging sie in die Küche, die dem Wohnzimmer gegenüberlag, ließ Wasser in den Wasserkocher einlaufen und füllte Tee in die kleine Porzellankanne. Sie horchte angestrengt ins Wohnzimmer.

›Was hat sie vor? Warum kommt sie her?‹ Verena hatte nur eine Erklärung, und die gefiel ihr überhaupt nicht. Ihr Handy fiel ihr jetzt ein. Mist, warum hatte sie nicht gleich daran gedacht. Auf Zehenspitzen schlich sie wieder in den Flur, um es aus der Manteltasche zu holen. Sie schaltete es ein, drückte auf SMS, und während sie Bennos Nummer aus dem Speicher holte, hörte sie die Schritte ihrer Schwester hinter sich.

»Ein Aschenbecher gehört bei dir wohl nicht mehr zum Inventar, wie?«

Viktoria hielt ihre brennende Zigarette in die Luft wie eine Trophäe. Als sie Verena mit dem Handy in der Hand im Flur stehen sah, grinste sie.

»Angst?«, fragte sie.

»Ich geb' dir was für die Asche.«

Wie beiläufig wollte Verena das Handy in die Hosentasche stecken, als es Viktoria ihr blitzschnell aus der Hand schlug. Vor Viktorias Füßen fiel es auf den Boden. Sie brauchte sich nur noch zu bücken und es aufzuheben. Während sie dies tat, ließ sie Verena nicht aus den Augen. Dann steckte sie das Handy ein.

Bemüht, sich diese Niederlage nicht anmerken zu lassen, ging Verena an ihrer Schwester vorbei in die Küche und gab ihr die grüne Kaffeetasse mit dem abgebrochenen Henkel für die Asche. Zusammen gingen sie ins Wohnzimmer zurück. Vor der Couch auf dem Teppich lag Zigarettenasche, Brandflecken waren zu sehen.

»Warum bist du gekommen?«, fragte Verena schließlich. Sie hatte sich wieder auf den Hocker gesetzt, Viktoria saß ihr auf der Couch gegenüber. Ihre Zigarette hatte sie in der Tasse ausgedrückt und sich die nächste angezündet. Tief atmete sie den Zigarettenrauch ein und behielt ihn eine Weile in der Lunge, bevor sie ihn mit geschürzten Lippen wieder ausblies. Die kleinen Fältchen um den Mund verrieten, dass sie viel rauchte.

»Ich hol' mir ein Stück vom Kuchen, Schwester. Ich finde, er ist ungleich verteilt.«

»Und wie willst du das tun?«, fragte Verena.

»Ich finde, du hast das alles nicht verdient.« Viktoria machte eine ausholende Armbewegung. Dabei löste sich Asche von ihrer Zigarette und fiel auf die Couch. »Es steht dir einfach nicht zu.«

»Mir ist nichts geschenkt worden«, antwortete Verena.

Dass dies gefährliches Glatteis war, war ihr bewusst. Sie ließ ihre Schwester nicht aus den Augen und registrierte jede Regung. Viktoria schwieg feindselig. Sie hatte begonnen, gleichmäßig große Kringel in die Luft zu blasen. Sehr gekonnt, dachte Verena. Als ob sie geübt hätte, zwischen zwei Freiern vielleicht oder während ein Kunde das Portemonnaie aus der Hose holt, die er sorgfältig gefaltet über den Stuhl am unteren Bettende gelegt hatte, und Geldscheine auf das Nachtschränkchen oder die Spiegelkommode blätterte. Verena sah ihre Schwester vor sich, wie sie – unbeeindruckt vom gerade stattgehabten Geschlechtsakt – nur spärlich bekleidet in einem Sessel sitzt, ihrem Freier beim Geldabzählen zusieht und Kringel in die Luft haucht.

»Was hast du all die Jahre gemacht?«, fragte Verena. Sie war um eine neutrale Tonlage bemüht.

»Was interessiert dich das?«

»Es hat mich die ganzen Jahre über beschäftigt, wo du bist, was du machst, ob es dir gutgeht. Wir wussten ja nichts.«

»Bullshit! Es war dir schon immer egal, wie es mir geht.«

Verena musste insgeheim zugeben, dass ihre Schwester recht hatte. Sie dachte an früher, als sie noch Kinder gewesen waren. Verena hatte fast immer ihre Freundinnen der Schwester vorgezogen. Und dass sie mit zwölf Jahren den Kleiderzwang der Mutter nicht mehr befolgt hatte, konnte man im Nachhinein als ersten großen Vertrauensbruch in ihrem Zwillingsdasein werten. Viktoria hatte ein paarmal noch versucht, morgens die gleichen Klamotten anzuziehen wie Verena, worauf Verena jedes Mal ärgerlich reagiert hatte.

Der Wasserkocher klackte. Verena stand auf und ging in die Küche. Dieses Mal ließ sie die Wohnzimmertür weit offen. Sie goss das heiße Wasser über die Teeblätter in der Kanne, als sie Zigarettenqualm roch. Viktoria war ihr in die Küche gefolgt. Betont lässig lehnte sie am Türrahmen und zog genüsslich an ihrer Zigarette. Dann sagte sie: »Ich war gerade dabei, mich so richtig wohl zu fühlen. Leider habt ihr mich zu früh gestoppt. Ich hatte noch viel vor.«

Verena stellte die Eieruhr, die in Form und Farbe einer Limette glich, auf fünf Minuten.

»Du hast unschuldige Menschen getötet«, sagte sie und stellte die leise tickende Limette neben die Teekanne.

»Sie haben es verdient. Alle!« Viktoria lachte kalt.

Verena forschte im Gesicht ihrer Schwester nach Mitgefühl, nach Reue. Sie fand Feindseligkeit.

»Was ist passiert, damals?«

Eine Weile sagte Viktoria nichts, dann: »Willst du mir nichts Anständiges zu trinken anbieten?«

Verena ging zum Kühlschrank und holte eine Flasche Apfelsaft heraus, die sie ihrer Schwester entgegenstreckte. »Gläser sind hier oben«, dabei zeigte sie auf den einzigen Hängeschrank ihrer kleinen Küche, die sie beim Einzug vom Vormieter übernommen hatte. Dass es keine Einbauküche war, sondern zusammengestückelte Einzelteile, hatte Verena nie gestört.

»Hab' ich mich nicht klar ausgedrückt? Ich hab' gesagt, was Anständiges!«

»Ich trinke so gut wie nie Alkohol«, log Verena, die sich nicht vorstellen konnte, dass Alkohol in der jetzigen Situation das Richtige wäre. Da ging Viktoria selbst zum Kühlschrank. Sie fand die halbvolle Roséflasche und nahm sie heraus.

»Wir trinken also so gut wie keinen Alkohol, so, so. Sind wir eine verdammte Heuchlerin, Schwester?«

Viktoria nahm einen großen Schluck aus der Flasche und stellte sie geräuschvoll auf die Arbeitsplatte.

Die Limette klingelte. Verena goss den Tee in einen großen Topf, legte ein kleines Sieb über die Öffnung der Kanne und leerte die Flüssigkeit wieder zurück. Das volle Teesieb ließ sie im Spülbecken liegen. Sie stellte die Teekanne, zwei Tassen und den Becher mit dem Kandiszucker auf ein Tablett, und zusammen gingen sie ins Wohnzimmer zurück. Verena setzte sich wieder auf den Hocker. Als sie beide Tassen mit Tee gefüllt hatte, sagte sie: »Erzähl mir, was passiert ist.«

»Dein Psychotantengehabe kannst du dir sparen, Schwester.«

Ohne Zucker in den Tee getan zu haben, rührte Viktoria heftig in der Tasse, so dass die Flüssigkeit schnelle Kreise zog und überzuschwappen drohte. Dann trank sie einen Schluck und stellte die Tasse geräuschvoll auf das Tablett zurück. Sie zündete sich eine weitere Zigarette an und blies den Rauch direkt in Verenas Gesicht.

Verena gab sich unbeeindruckt. Sie versuchte flach zu atmen. Jetzt erst nahm sie Lucio Dalla wieder wahr, der gerade ›*Chissá chissá domani, su che cosa metteremo le mani se si potrá contare ancora le onde del mare e alzare la testa*' sang. ›*Wer weiß, wer weiß, was wir morgen noch haben, ob wir immer noch die Wellen des Meeres zählen und den Kopf heben können*‹.

»Du hast immer alles bekommen. Wertschätzung. Bessere Noten«, sagte Viktoria jetzt leise und fast tonlos, »und Mamas Anerkennung ... und in der Schule warst du die Beliebtere. Warum hat man dich mehr gemocht als mich? Was ist falsch an mir?« Viktoria schaute an sich herunter.

»Machst du's dir nicht etwas zu einfach? Für Mamas Verhalten kann ich nichts. Und was die Noten betrifft: Ich hab' eben mehr gelernt, das kannst du nicht leugnen. Und ich bin sicher, dass Mama uns beide ...«

»Bullshit, Schwester. Aber darauf kommt's jetzt nicht mehr an. Ich bin längst nicht mehr drauf angewiesen. Die Alten können mich kreuzweise. Alle beide!« Mit einer ruckartigen Handbewegung hatte Viktoria diesen Ausbruch unterstrichen, wobei Zigarettenasche auf den Wohnzimmertisch gefallen war, direkt in den Becher mit dem Kandiszucker.

›*Qui tutto il mondo sembra fatto di vetro e sta cadendo a pezzi come un vecchio presepio*‹ – ›*Die ganze Welt scheint hier aus Glas und sie fällt in Stücke wie eine alte Krippe*‹, sang Lucio.

»Aber die Sache mit Leon, Schwester, die ... die war heftig ...« Viktoria sah Verena an und nickte unentwegt mit dem Kopf.

›Jetzt muss ich wohl nach Canossa kriechen‹, dachte Verena. Sie trank einen Schluck Tee. »Es tut mir Leid«, sagte sie, »Ich dachte ... er wäre ohnehin nicht ... nein. Quatsch. Es tut mir Leid. Es war falsch von mir.«

»Es war nicht nur falsch von dir, es war hundsgemein! Du hast meine Liebe zerstört, meine Zukunft.«

»Er wäre auch so nicht bei dir geblieben. Er ist auch bei mir nicht geblieben. Du weißt doch, wie er war.«

»Ich hätte ihn halten können, wenn du nicht dazwischengefunkt hättest.« Viktoria stand auf, ging zum Fenster und stellte sich, ohne hinausgeschaut zu haben, mit dem Rücken davor.

»Er war neugierig auf dich, weil du meine Zwillingsschwester bist. War das so schwierig zu durchschauen?«

Verena hätte gerne das Thema gewechselt, es war ihr unangenehm. Sie schämte sich.

»Wir hatten schon eine kleine Wohnung in Elberfeld in Aussicht«, fuhr Viktoria fort, »wenigstens so gut wie. Es wäre alles wunderbar gewesen … wenn du deine Finger von ihm gelassen hättest …« Viktorias Stimme klang bitter.

»Was ist aus dem Kind geworden?«, fragte Verena, nachdem sie eine Zeit lang geschwiegen hatten.

Viktoria war ehrlich überrascht. »Das wissen wir also auch schon. Nicht schlecht, Schwester.«

Viktoria setzte sich wieder auf das Sofa, schlug ein Bein über das andere und umfasste ihr Knie mit beiden Händen. Sie schaukelte mit dem Oberkörper ganz leicht hin und her und fuhr dann fort: »Das Kind war mir egal. Ohne Leon wollte ich es nicht.«

»Was ist aus ihm geworden? Warst du nicht schon im fünften Monat?«

»Mitte vierter. Hab' zuerst selbst versucht, es loszuwerden. In Holland hat man mir dann geholfen. Als ich danach krank wurde, hab ich mich in einem … Kloster verkrochen. Die Schwestern waren nett. Ich bekam zu essen, ärztliche Betreuung; ich musste zwar arbeiten, aber das hat sich in Grenzen gehalten.«

Viktoria machte eine Pause. Sie schien jetzt weit weg zu sein.

»Die Abtreibung war scheußlich. Aber die Nonnen haben mich wieder hingekriegt.«

»Wie ging es dann weiter?«, fragte Verena leise. Sie versuchte die Abscheu zu unterdrücken, die sie in diesem Moment empfand.

»Du kannst in Zimmerlautstärke mit mir sprechen. Und tu' nicht so pädagogisch. Und falls du's wissen willst: Ich bereue es nicht! Keine Minute hab' ich es bereut!«

Viktoria schlug nun das andere Bein nach oben und faltete die Hände vor dem Knie. »Ich bin noch ein paar Wochen geblieben. Aber die Nonnen wurden immer nerviger. Sie wollten, dass ich was Sinnvolles anstelle mit meinem Leben. Sie haben mir einfach keine Ruhe gelassen. Dann bin ich abgehauen. Hab' mich so durchgeschlagen. Man kann ja, wenn man nicht gerade hässlich ist, einfach Geld verdienen. Man darf nur nicht zimperlich sein.« Viktoria grinste ihre Schwester an.

»Wann wurdest du *Diana*?«, fragte Verena.

»Diana kennst du also auch? Du wirst mir langsam unheimlich, Schwester.«

»Das ist mein Beruf.«

Viktoria stand auf, ging in die Küche und goss sich den Rest Rosé in ein Glas. Sie trank einen kräftigen Schluck, und mit dem Glas in der Hand kam sie ins Wohnzimmer zurück, währenddessen Verena mit einer raschen Handbewegung ihre Waffe befühlt hatte, nur zur Beruhigung.

»Aus irgendeinem Grund hat es mich nach Stuttgart verschlagen«, fuhr Viktoria fort, nachdem sie sich wieder gesetzt hatte, jetzt an das andere Ende der Couch, direkt neben Verena. »Das ist ungefähr vier Jahre her. ›Diana‹ ist doch ein schöner Name. Diana, die Göttin der Jagd. Irgendwie passend. An Ausweispapiere zu kommen, das weißt du, Schwester Superschlau, ist ein Kinderspiel. Ich war also Diana und hab' im *Club 99* gutes Geld verdient. Eigentlich war das meine beste Zeit.«

»Eigentlich?«

»Der Zahn der Zeit. Mit den Jahren waren die jungen Dinger im Club mehr und mehr gefragt. Es wurde langsam schwierig. Du kennst das ja, der Restaurierungsprozess morgens dauert immer länger. Meine Uhr begann zu ticken, ich musste mir was einfallen lassen.«

»Du warst die Beste. Du hattest die meisten Stammfreier.«

Verena erinnerte sich an die Verhöre, vor allem mit Ramona und Frau Radkovic.

»Aber wie lange noch? Und so begann ich, die Fühler auszustrecken. Nach einem Landeplatz, wenn du verstehst, was ich meine.«

Verena verstand.

»Ich kann ja sonst nichts. Mit einem mittelprächtigen Abi in der Tasche und ohne Ausbildung. Was soll eine Frau jenseits ihrer besten Jahre damit anfangen?«

»Du bist immer noch jung genug, um …«

»Bullshit, Schwester. Bleib mir vom Leib mit diesen hohlen Phrasen.«

Zornig funkelte Viktoria ihre Schwester an und holte die nächste Zigarette aus dem Päckchen. Die grüne Tasse war schon halbvoll mit Kippen und stank fürchterlich.

»Es kamen nicht alle Stammfreier in Frage«, fuhr Viktoria fort, nachdem das Nikotin sie etwas beruhigt hatte, »aber ein paar hatte ich mir ausgesucht. Und ich begann, sie auf ihre Tauglichkeit zu testen.«

»Warum verheiratete Familienväter? Ich meine, es ist doch glasklar, was …« Verena brach ab, als sie merkte, wie dünn das Eis unter ihr schon wieder wurde, »… aus welcher Motivation heraus ein Mann … und dann noch Familienvater … ins Bordell geht.« Verenas Puls stieg. Sie ließ ihre Schwester nicht aus den Augen.

»Sicher ist mir das klar. Mittlerweile weiß ich selber, wie dumm es von mir war zu glauben, auch nur einer von ihnen hätte mehr von mir gewollt, als die Beine breit zu machen. Aber theoretisch hätte es sein können! Man liest doch immer wieder solche Geschichten, oder nicht? Prostituierte von Millionär aus Milieu gerettet und so weiter.«

Mit einer ausholenden Geste malte Viktoria die imaginären Schlagzeilen in die Luft. »Hätte ich nicht auch so eine *pretty woman* sein können? Ich finde, ich hätte es verdient gehabt.«

Und plötzlich sackte Viktoria in sich zusammen. Ihre Augen verdunkelten sich. Leise sprach sie weiter: »Und eines Tages schlug ich zufällig die Reutlinger Zeitung auf, und ich las den Artikel über dich – Du warst zur stellvertretenden Leiterin der Mordkommission ernannt worden.«

Viktorias Hand krampfte sich um ihr Glas. »Bis dahin hab' ich nicht mal gewusst, wo du überhaupt steckst. Es war mir egal. Ich hatte die Vergangenheit hinter mir gelassen. Und dann diese Schlagzeile in der Zeitung. Sollte das ein Witz sein? Hat sie das verdient? Immer wieder hab' ich mich das gefragt. Du hast mein Leben zerstört, meine Liebe. Und was bekommst du dafür? Du wirst zur stellvertretenden Leiterin der Mordkommission befördert. Das ist nicht fair.«

Das Glas in ihrer Hand stand kurz vor dem Zerspringen.

Verena versuchte ruhig zu bleiben. Was ihre Schwester hier vorbrachte, war einfach grotesk.

»Aber den Seinen schenkt's der Herr im Schlaf, nicht?«, fuhr Viktoria fort.

Dann sagte sie, indem sie Tonfall und Gestik ihrer Schwester nachäffte: »Mir wurde nichts geschenkt. Ich habe mir alles erarbeitet, hart erarbeitet.«

»Schau dich doch an«, sagte Verena jetzt.

Sie hörte nicht auf ihre innere Stimme, die sie warnte.

»Du hast dich in der Schule schon gehen lassen, hast dich mit diesen Typen im *Sundown* eingelassen. Ab da ging's doch nur noch bergab.«

Verena trank einen Schluck Tee und setzte die Tasse ruhig auf das Tablett zurück. »Du hast gedacht, dass das deine ganz persönliche Revolution ist. Doch außer dein Leben zu ruinieren, hast du nichts damit erreicht.«

Jetzt zersprang das Glas in Viktorias Hand. Beide erschraken. Viktoria streckte ihre Hand von sich, und während Verena ins Bad eilte – zwei Schritte weniger als sonst, kein Wunder – um Verbandszeug zu holen, tropfte Blut auf den Teppich.

›Woher hat sie bloß diese Kraft?‹, dachte Verena, als sie wenig später, nachdem sie Viktorias Hand verbunden hatte, zwischen Allzweckreiniger, gelben Säcken und alten Putzlappen unter der Küchenspüle Schaufel und Besen suchte. Dann ging sie ins Wohnzimmer zurück, kehrte die Scherben auf und tupfte den Wein und das Blut notdürftig aus dem Teppich.

»Vielleicht hast du einfach *seine* Grausamkeiten besser weggesteckt. Er stand übrigens auch auf meiner Liste. Ganz am

Schluss«, sagte Viktoria. Die verbundene Hand lag jetzt ruhig auf ihrem Schoß.

Verena hielt in ihren Bewegungen inne und schaute ihre Schwester ungläubig an.

»Ja, glaub's ruhig, Schwester. Oder hättest du diesem Arschloch eine Träne nachgeweint?«

Verena dachte kurz nach, dann fragte sie: »Was ist passiert … im Badezimmer?«

»Nichts«, sagte Viktoria schnell.

»Nichts?«

»Er wollte … eingeseift werden.«

»Und dann?«

»Nichts und dann!«

»Was hat er von dir verlangt?«

»Ich hab' ihn … eingeseift und durfte dann wieder gehen.«

Es war jetzt mucksmäuschenstill. Die Frauen schauten sich nicht an, Verena fixierte die Blutflecken auf ihrem Teppich, und Viktoria inspizierte ihre verletzte Hand.

»Deshalb die Socken?«

»Ich hab' mir gedacht, warum soll er nicht in den Genuss dessen kommen, was er mich gelehrt hat. Für den Genickschlag hätte ich wahrscheinlich zu wenig Kraft gehabt. – Ich hatte ja immer nur einen Versuch. Es musste schnell gehen«, fügte sie hinzu.

›Was empfinde *ich* eigentlich noch für sie?‹, überlegte Verena, während sie ihre Schwester betrachtete, die neben ihr auf der Couch saß. Mitleid war es. Und Wut. Aber keine Liebe.

Ihre Blicke begegneten sich, und Viktoria schien die Gedanken ihrer Schwester zu erraten. Sie stand auf und ging zum Fenster, dieses Mal öffnete sie es und lehnte sich hinaus. Sie schaute nach links und dann nach rechts.

»Schöne Wohnung, und schöne Aussicht«, sagte sie.

»Ja, das war damals reine Glücksache …« Verena verstummte.

Viktoria grinste. Verena erhob sich und ging ebenfalls zum Fenster. Die beiden Frauen standen sich gegenüber und schauten sich an.

»Du weißt, was ich jetzt tun muss«, sagte Verena.

»Versuch's!« Viktoria sah sie herausfordernd an. »Du weißt, Schwester, was *ich* tun muss!«

»Damit kommst du nicht durch.«

»Ich werde *du* sein. Ich werde in dieser Wohnung wohnen, werde deine Freunde haben, werde die Anerkennung bekommen, die ich verdient habe.« Viktoria hatte immer schneller gesprochen, hatte Verena nicht aus den Augen gelassen. Etwas außer Atem fuhr sie fort: »Es wird endlich Gerechtigkeit herrschen.«

›Jetzt ist sie völlig übergeschnappt‹, dachte Verena, sagte aber: »Du kannst nicht einfach in mein Leben schlüpfen.«

»Ich hab' alles gut vorbereitet, mach' dir keine Sorgen«, sagte Viktoria.

Verenas Handy klingelte. Es steckte immer noch in Viktorias Hosentasche. Viktoria nutzte den Überraschungsmoment, packte ihre Schwester mit beiden Händen an den Oberarmen und versuchte sie Richtung Fenster zu zerren. Mit einer entschlossenen und kräftigen Bewegung, wie sie es im Polizeisport gelernt hatte, schlug Verena Viktorias Arme weg, und in dem Moment, als Verena zu ihrer Dienstwaffe im Hosenbund greifen wollte, versetzte ihr Viktoria einen kräftigen Faustschlag ins Gesicht. Das Handy klingelte jetzt nicht mehr.

36

Benno drückte auf Wahlwiederholung, ›Vielleicht hat sie es ja nicht gehört, oder sie war auf dem Klo und nicht rechtzeitig ans Handy gekommen‹, dachte er. Er sprach auf die Mailbox: »Hallo Chefin, Benno hier. Wollt' Sie auf dem Laufenden halten. Der vorläufige Bericht der Spurensicherung ist da; die Morde sind allesamt mit den Waffen verübt worden, die wir in … in Marion Köhlers Zimmer gefunden haben. Wer auch immer sie ist. Und von dort gibt's nichts Neues. Die Observierung läuft.« Benno machte eine kurze Pause, weil es für den Moment nichts mehr zu berichten gab. »Bestimmt sind Sie eingeschlafen. Ist ja auch kein Wunder nach der aufregenden Nacht.« Benno musste lachen, als er gewahr wurde, wie sich das anhören musste. »Na, so war das nicht gemeint, Chefin. Also, wenn Sie nichts dagegen haben, ruf' ich Sie später noch mal an, bis dann.« Er legte auf und ging ans Fenster. Das ungute Gefühl verließ ihn trotzdem nicht. Es kam so gut wie nie vor, dass seine Chefin nicht ans Telefon ging, aber nach dieser Nacht konnte sie auch eingeschlafen sein. Er war unschlüssig. Eigentlich gab es im Moment nichts zu tun. Sie konnten nur warten; darauf, dass Marion Köhler nach Hause kam, wenn sie nach Hause kam, darauf, was die Fahndung ergab, darauf, was die Observierung der anderen Stammfreier noch ergab. Vielleicht war Marion ja schon auf dem Weg zum nächsten Opfer?! Aber nein. Ihre Utensilien hatten sie ja in ihrem Zimmer gefunden und lagen jetzt bei der Spurensicherung. Unwahrscheinlich, dass sie plötzlich ihre Methode änderte. Benno setzte sich an seinen Schreibtisch und stützte sein wohlgeformtes Kinn in beide Hände.

Dr. Meininger hatte vor knapp einer Stunde das Büro verlassen und war in sein eigenes Büro gegangen, hatte aber noch darum gebeten, sofort informiert zu werden, falls sich irgendetwas ereignete.

Als Benno so dasaß, den Kopf in beide Hände gestützt, wurden mit einem Male seine Augenlider schwer. Er löste den Griff unter seinem Kinn, legte die Unterarme auf den Schreibtisch, legte seinen Kopf darauf und fiel in einen unruhigen Schlaf. Als wenig später sein Handy auf den obersten Rippenbogen zu drücken begann, richtete er sich wieder auf, holte das Handy aus der Brusttasche und versuchte erneut, seine Chefin anzurufen. Wieder ohne Erfolg. Warum nahm sie nicht ab? Sie war Polizistin. Und ein Polizist, *jeder* Polizist, da war Benno sich sicher, schläft immer und überall in Habachtstellung.

Entschlossen nahm er den Mantel vom Haken.

37 Als Verena wieder zu sich kam, saß Viktoria über ihr, beide Knie auf ihren Oberarmen, Viktorias Hände hatten sich in festem Klammergriff um Verenas Hals gelegt. Verena spürte, wie ihr die Atemluft knapp wurde. Fest darauf konzentriert, nicht panisch zu werden, was sie viel Anstrengung kostete, überlegte sie, was sie beim Polizeisport für derart ausweglose Situationen gelernt hatte. Ihr fiel nichts ein. Mit aller Kraft bäumte sie ihren Körper nach oben, und Viktoria musste sich, da sie sonst nach vorne gekippt wäre, für einen kurzen Moment mit einer Hand am Boden abstützen. Diese Gelegenheit nutzte Verena und schlug mit der jetzt freien Hand so fest sie konnte in Viktorias Gesicht. Viktoria fiel nach hinten. Verena kroch unter ihrer Schwester, die immer noch auf ihr saß, hervor und versuchte erneut, ihre Dienstwaffe aus dem Hosenbund zu ziehen. Da traf sie ein zweiter Faustschlag am Kinn, und Verena wurde erneut schwarz vor Augen. ›Wo nimmt sie bloß diese Kraft her?‹, dachte sie noch, und schon spürte sie, wie ihr die Dienstwaffe aus dem Hosenbund gezogen wurde. Dann blickte sie in die Mündung ihrer eigenen Waffe. Die beiden Frauen saßen sich schwer atmend auf dem Boden gegenüber, und Viktoria hatte die Waffe auf Verena gerichtet.

»Ich muss es tun, Schwester. Sonst kann ich mich gleich selbst erschießen«, keuchte Viktoria.

»Alle werden es merken.«

»Keiner wird es merken. Niemand. Du bist ich, und ich bin du. Ich werde dich entsorgen. Keiner wird nach mir fragen, also nach dir.« Viktoria grinste.

»Wie willst du meinen Beruf ausüben?« Verena wurde schlecht. Fieberhaft überlegte sie, wie sie sich aus dieser Lage befreien konnte.

»Ich werde kündigen. Burn-out-Syndrom. Das wird mir jeder glauben, nach dem Fall. Und als Erstes werde ich die Alten besuchen. Sie werden mich umarmen und gemeinsam werden wir um dich, also um mich … trauern.« Viktoria lachte laut.

38 Das Ohr fest an die Tür gepresst, stand Benno an Verenas Wohnungstür und versuchte, irgendetwas zu hören. Die Anstrengung der vier Stockwerke hatte er kurz verkraften müssen. Gerade als er den Finger auf den Klingelknopf gelegt hatte, waren dumpfe Poltergeräusche aus der Wohnung seiner Chefin gedrungen, die ihn aufhorchen ließen. Und was er jetzt hörte, gefiel ihm noch weniger. Das Poltern hatte aufgehört, und er vernahm Verenas Stimme, und zwar zweimal. Entweder sie sprach mit sich selbst, oder …

Benno entsicherte seine Waffe, steckte sie zurück in das Halfter und holte ein kleines Etui aus der Mantelinnentasche, das er für alle Fälle immer bei sich trug. Vorsichtig zog er den Reißverschluss auf – das Geräusch, unter weniger heiklen Umständen als diesen kaum gewürdigt, fuhr wie ein Blitz in die angespannte Stille des Treppenhauses. Benno hielt inne. Er schien nicht bemerkt worden zu sein. Als er nach kurzer Prüfung dem Etui den passenden Dietrich entnahm, hörte er, wie unten die Haustür schwer ins Schloss fiel. Jetzt vernahm er Schritte, die sich mit festem Auftreten und hoher Frequenz dem ersten Treppenabsatz näherten. Jemand stieg die Treppe empor, in den zweiten Stock, in den dritten. Endlich wurde eine Tür aufgeschlossen und nach einem kurzen Moment geräuschvoll wieder zugestoßen. Erleichtert atmete Benno aus, öffnete lautlos die Wohnungstüre und glitt in den Flur. Er blieb stehen und lauschte: Eindeutig zwei Personen mit ein und derselben Stimme. Also doch!

Er nahm seine Waffe aus dem Halfter, näherte sich mit vorsichtigen Schritten dem Zimmer, aus dem die Stimmen kamen, ging in die Knie und streckte langsam den Kopf in die Türöffnung: Die Frauen saßen auf dem Boden, die eine hatte eine Pistole in der Hand, die sie der anderen vors Gesicht hielt. Benno taxierte sie kurz, sprang dann in Sekundenschnelle auf, brachte sich in Position und schoss in die Hand, die die Waffe hielt.

Lucio Dalla sang: ›*Aspettiamo che ritorni la luce di sentire una voce aspettiamo senza avere paura, domani*‹ – *Warten wir, bis es wieder hell wird, bis wir eine Stimme hören, warten wir ohne Angst zu haben auf morgen!*

39

Verena öffnete das Fenster ihres Büros und atmete tief ein. Es roch nach regennassem Asphalt. Dann drehte sie sich um und sah Benno zu, wie er an seinem Schreibtisch saß und seine Dienstwaffe reinigte. Sie lag komplett zerlegt vor ihm auf einem Tuch. Sorgfältig polierte er die Einzelteile. Er machte ein zufriedenes Gesicht.

»Wie hast du uns eigentlich so schnell auseinandergehalten, Benno? Du hättest ja auch auf *mich* schießen können«, fragte Verena.

»Schnick, Schnack, Schnuck«, antwortete Benno grinsend.

»Verstehe. Da bin ich aber froh, dass *ich* gewonnen habe.«

Benno fuhr ungerührt mit seiner Tätigkeit fort und antwortete, ohne aufzublicken: »Nein, im Ernst, Chefin. Ich habe Sie an Ihrem Pulli erkannt.«

Jetzt hielt er inne und fuhr fort: »Sie trugen wieder diesen sackförmigen Strickpulli, der sich nicht zwischen krötengrün und lehmbraun entscheiden kann. Ich hab' ihn noch nie gemocht.«

Beide lachten.

Die Tür ging auf und Dr. Meininger streckte in seiner für ihn typischen Art den Kopf herein.

»Geht's gut, Kinder?«, fragte er.

Und ohne eine Antwort abzuwarten, kam er herein, nahm sich den Stuhl an der Wand und stellte ihn an die Kopfseite von Verenas und Bennos zusammengestellten Schreibtischen.

»Mensch, Kinder, wenn ich mir überlege, was alles hätte schiefgehen können. Ich bin froh, dass die Sache vorbei ist. Der Staatsanwalt hat von einer Verwarnung abgesehen. Angesichts des glücklichen Ausgangs der Sache will er noch mal Gnade vor Recht ergehen lassen.«

Verena hatte verstanden. Obwohl Dr. Meininger die Verantwortung für den Fall gehabt hatte, hatte sie ihn überredet, die brisanten Informationen über Viktoria so lange zurückzuhalten, bis … ja bis wann eigentlich? Verena wusste es nicht so genau.

Sie holte das Schreibheft ihrer Schwester aus der Tasche. Dabei fiel ein loses Blatt heraus, das wohl notdürftig hineingeklebt worden war. Verena erkannte die ungelenke Handschrift ihres

Vaters. Auch sie hatte damals diesen Eintrag in ihr Poesiealbum bekommen.

Sieh auf dich und nicht auf mich,
und fehle ich, so bessre dich.
Dein Vater

Später, als sie allein war, griff sie zum Telefon, um ihre Mutter anzurufen.

Spannende Krimis aus der Region

192 Seiten, broschiert,
ISBN 978-3-88627-419-2

Mitten im Naturpark Schönbuch bei Tübingen findet die Polizei die Leiche eines alten Mannes. Kurze Zeit später stürzt eine Frau in dem kleinen Ort Walddorfhäslach die Kellertreppe ihres Hauses hinunter. Gibt es einen Zusammenhang?

Lokaljournalist Luka Blum wittert eine große Story, die ihn unverhofft aus der Lethargie seines journalistischen Alltags reißt. Er beginnt im Umfeld der beiden Toten zu recherchieren und stößt dabei immer wieder auf unheimliche Sagengestalten aus dem Schönbuch.

Wie bei seinem ersten Fall hat Luka Blum wieder seine irische Freundin Nelly an seiner Seite. Auf der gefährlichen Suche nach der Lösung des Falles geraten beide in die Fänge eines skrupellosen Killers.

176 Seiten, broschiert,
ISBN 978-3-88627-430-7

Ein toter Schäfer auf der Alb – im Mund ein Wacholderzweig und den Schäferstab im Leib – bringt den eigenbrötlerischen Kriminalhauptkommissar Grießinger und die selbstbewusste Emilie – Schriftstellerin, Kennerin von Kraftorten und alten Bräuchen – nicht ganz freiwillig zusammen. Als Expertin für Täterprofile wurde sie ihm wegen allzu eingefahrener Ermittlungsmethoden zugewiesen.

Ist der Tote ein Opfer militanter Älbler? Welche Rolle spielt der ehemalige Truppenübungsplatz? Wer stochert sonst noch im Herbstnebel auf der Heide herum?

Das ungleiche Team ermittelt mit einer prickelnden Mischung aus Älbler-Dickschädel und Spiritualität. »Schäfers Tod« ist nicht nur ein Krimi. Das Buch erzählt auch von Land und Leuten der Alb, von der guten Schwarzwurst, Grombiera und dem Krügle Moscht am Feierabend.